변신

카프카 대표 작품선

변신

프란츠 카프카 지음 | 이옥용 옮김

차례

제1부
변 신

변신

I

어느 날 아침, 그레고르 잠자는 뭔가 뒤숭숭한 꿈을 꾸다 깨어났다. 그런데 자신이 엄청나게 커다란 한 마리 해충으로 변해 있었다. 그는 자기 침대에서 등을 대고 천장을 바라보며 누워 있었는데 등은 거북의 등딱지처럼 딱딱했고, 고개를 조금 들자, 둥그스름하고 갈색이 나며, 활 모양의 환절(*곤충이나 지렁이 따위의 몸마디. 이하 *표시-옮긴이 주)이 마디마디 이어져 있는 배가 보였다. 불룩한 배는 이불에 제대로 덮여 있지 못하고, 금방이라도 완전히 미끄러져 내릴 것만 같았다. 그의 몸 전체 크기에 비해 딱하다 싶을 정도로 가느다란 수많은 다리가 그의 눈앞에서 반짝반짝 빛을 내며 어찌할 바를 모르고 움직이고 있었다.

'나한테 도대체 무슨 일이 일어난 거지?'

그는 생각했다. 결코 꿈은 아니었다. 그의 방은 좀 작기는 해도 인간이 사는 제대로 된 방이었다. 방은 그가 익히 잘 아는 네 벽 사이에 얌전하게 있었다. 책상 위에는 옷감 견본 꾸러미가 포장이 풀린 채 널려 있었고, 책상 위쪽 벽에는—잠자는 영업 사원이었다—그가 얼마 전에 한 화보 잡지에서 잘라내 예쁘장한 금박 액자에 끼워 넣은 사진이 걸려 있었다. 사진엔 어떤 숙녀의 모습이 담겨 있었다. 그녀는 모피 모자를 쓰고 모피 목도리를 두르고 허리를 반듯이 편 채 앉아 있었다. 그녀는 묵직한 토시를 사진을 보는 사람 쪽으로 쳐들고 있었다. 팔꿈치 아래쪽은 토시 때문에 하나도 보이지 않았다.

그레고르의 시선은 창가로 향했다. 날씨가 흐리니까—빗방울이 함석 창틀에 툭툭 떨어지는 소리가 들렸다—그는 기분이 완전히 울적해졌다.

'잠을 조금만 더 잤으면 좋겠다. 이 말도 안 되는 것들도 모조리 싹 잊어버리고 말이야.'

그는 그런 생각이 들었다. 하지만 그건 전적으로 실현 불가능한 일이었다. 왜냐하면 그는 오른쪽으로 돌아누워 자는 습관이 있었는데, 지금과 같은 몸 상태로는 그런 자세를 취할 수가 없었기 때문이다. 아무리 용을 써서 오른쪽으로 돌아누우려 해도, 몸이 흔들흔들하다 번번이 등을 대고 누운 원래 자세로 되돌아왔던 것이다.

그는 그런 시도를 백 번도 더 해 보았다. 빠른 속도로 불안스레 마구 움직이는 다리를 보지 않기 위해 그는 아예 눈을 감아 버렸다. 그는 옆구리 쪽에 생전 처음으로 가볍고 둔탁한 통증을 느끼고는 몸을 돌리는 것을 포기하고 이렇게 생각했다.

'아아! 난 어쩜 이렇게도 고달픈 직업을 택한 걸까! 허구한 날 여행을 해야 하잖아. 회사 사무실에서 근무하는 것보다 업무상으로 신경 쓸 게 훨씬 더 많고. 또 여행하느라 고역이고, 기차 연결이 잘 되는지 걱정도 해야 되고, 식사는 불규칙한 데다 부실하고, 만나는 사람들은 언제나 바뀌니까 마음을 터놓는 지속적인 사이는 절대로 되지 못하지. 이런 것들은 모두 악마가 갖고 가 버려라!'

그는 배 위쪽이 조금 간지러웠다. 머리를 좀 더 잘 들 수 있게 등을 대고 누운 채로 몸을 침대 머리맡 기둥 쪽으로 천천히 밀었다. 가려운 곳은 찾았는데, 그 곳엔 자그만 하얀 점들이 잔뜩 나 있었다. 그 점들이 무엇인지 그는 선뜻 판단이 서지 않았다. 그는 자기 다리 한 개로 그 곳을 더듬어 보고 싶었지만, 얼른 다리를 옴츠렸다. 다리가 그 부분에 닿자, 온몸에 소름이 쫙 끼쳤기 때문이다. 그는 몸을 미끄러뜨려 원래 있던 자리로 갔다. 그는 생각했다.

'이렇게 일찍 일어나니까 사람이 아주 바보가 되는 거야. 사람은 잠을 충분히 자야 해. 다른 영업 사원들은 이슬람교도의 여러 아내들처럼 살잖아. 예를 들어 내가 주문 받은 걸 기입해 두려고 오전 중에 여관에 돌아가면, 그 신사분들은 그때서야 비로소 아침을 먹으려고 식탁에 앉지. 사장한테 나도 좀 그렇게 해 보겠다고 말해 볼 만도 한데. 하지만 난 그럼 당장 쫓겨날 거야. 차라리 그 편이 더 나을지도 모르지. 부모님 때문에 꾹 참고는 있지만, 만일 안 그랬으면, 벌써 오래 전에 난 사표를 냈을 거야. 사장 앞으로 걸어가서 내 속마음을 모두 털어놓았을 거야. 그럼 사장은 윗면이 경사진 책상에서 뚝 떨어졌겠지! 그런 책상 위에 걸터앉아 직원을 내려다보며 얘기를 하다니, 참 희한한 사람이야. 게다가 사장은 귀가 어두워서 직원들이 자기한테 바싹 다가가지 않으면 안 돼. 그래도 희망이 전혀 없는 건 아냐. 내가 돈을 모아서 부모님이 사장한테 진 빚을 몽땅 갚으면 – 아직 5, 6년은 더 걸리겠지 – 난 꼭 그렇게 하고 말 거야. 그러면 큰일 하나 해내는 거지. 어찌되었거나 지금은 일단 일어나야 해. 기차가 다섯 시에 떠나니까.'

그는 자명종을 쳐다보았다. 시계는 궤짝 위에서 째깍거리고 있었다.

'큰일 났네!'

그는 생각했다. 6시 반이었다. 시계 바늘은 느긋하게 앞으로, 앞으로 나아가고 있었다. 이젠 6시 반도 지나 벌써 6시 45분이 다 되어 가고 있었다. 자명종이 울리지 않았단 말인가? 시계가 정확히 4시에 맞추어져 있는 게 침대에서도 보였다. 시계는 분명히 울렸을 것이다. 그렇다. 하지만 방안에 있는 가구를 뒤흔들어 놓을 정도로 요란하게 시계가 울려 대는데도, 어떻게 그렇게 늘어지게 늦잠을 쿨쿨 잘 수가 있었을까? 물론 편안히 잠을 잘 잔 건 아닐 것이다. 하지만 아마도 그런 까닭에 세상모르고 더욱 더 깊이 잠에 곯아 떨어졌을지도 모른다. 어쨌거나 이제 어찌해야 한단 말인가? 다음 기차는 7시에 있다. 그러니 그 기차를 타려면 부리나케 서둘러야 한다. 그런데 상품 견본 집도 아직 싸 놓지 않은 데다 몸 상태도 정말 좋지 않았고, 또 움직일 수도 없을 것 같았다. 설사 기차 시간에 맞춘다 해도 사장의 불호령은 피할 수 없을 것이다. 사환이 5시 기차를 기다리고 있다가 그가 지각을 했다고 벌써 오래 전에 일러바쳤을 것이기 때문이다. 그 녀석은 사장의 꼭두각시지. 줏대도 없고 사리분별력도 없는 위인이고. 몸이 아프다고 알리면 어떨까? 그러나 그건 죽기보다 싫은 일이고, 또 수상쩍게 보이기도 할 것이다. 5년 동안 근무를 하면서 그레고르는 지금껏 한 번도 아팠던 적이 없었기 때문이다. 분명히 사장은 의료보험 취급 의사와 함께 집을 찾아와서는 아들이 게으르다고 부모님을 나무랄 것이다. 그리고 뭐라고 반박이라도 할라치면 의사를 들먹이면서 한 마디도 하지 못하게 할 것이다. 그런 의사들이 보기에는 몸은 지극히 건강한데, 일하기 싫어하는 사람만 있을 뿐이다.

그럴 경우, 과연 의사 말이 전적으로 틀린 것일까?

그레고르는 잠을 오래 잤는데도 실제로 졸리는 것을 빼고는 몸 상태도 좋았고, 더구나 배가 굉장히 고프기까지 했다. 침대 밖으로 나가야 할지, 말아야 할지 미처 결정을 내리지 못한 채 이런 여러 가지 일들에 대해 그가 초고속으로 골똘히 생각하고 있을 때, −6시 45분에 맞추어 놓은 자명종이 울렸다− 침대 머리 쪽에 있는 문을 가만가만 두드리는 소리가 났다.

"그레고르,"

이름을 부르는 소리였다. 어머니였다.

"6시 45분이야. 오늘은 안 가나 보지?"

포근한 목소리였다! 그 말에 대꾸하는 자기 목소리를 듣고 그는 기절초풍을 했다. 그 목소리는 분명 예전 자기 목소리이기는 했는데, 뭔가 몸 속 저 깊은 곳에서 들리는 소리 같았다. 어떻게 억누를 수 없을 것 같은, 그러면서도 고통에 찬 듯한, 어린 새 울음처럼 높은 소리가 그 목소리엔 섞여 있었다. 그런데 그 높은 소리는 말을 하면 처음엔 분명하게 들리다가 그 뒷부분은 금방 소리가 윙윙 울리면서 말뜻이 불분명해지는 바람에 상대방이 제대로 알아들었는지 알 수가 없을 정도였다. 그레고르는 자세하게 대답하고 싶었다. 처음부터 끝까지 모조리 설명도 해 드리고 싶었다. 하지만 상황이 상황인지라 간단히 말하기로 했다.

"예, 알았어요. 고마워요, 어머니. 지금 일어났어요."

문이 나무로 된 탓에 그레고르의 목소리가 변한 걸 밖에서는 눈치 채지 못한 것 같았다. 그레고르가 그렇게 대꾸하자, 어머니는 이내 안심을 하고는 다리를 질질 끌며 가 버렸기 때문이다. 하지만 잠깐 나눈 대화 소리에 집안 식구들은 그레고르가 놀랍게도 아직도 출근을 하지 않고 집에 있다는 사실을 알게 되었다. 아버지는 한 쪽 옆문을 두드렸다. 살살 두드리기는 했지만 아버지는 주먹을 쥐고 두드렸다.

"그레고르, 그레고르, 도대체 어떻게 된 거냐?"

아버지가 외쳤다. 잠시 뒤에 아버지는 목소리를 한층 더 낮추어 한 번 더 다그쳤다.

"그레고르! 그레고르!"

하지만 다른 쪽 옆문에서는 여동생이 탄식하듯 소리 죽여 말했다.

"오빠? 어디 아파? 뭐 필요한 거 있어?"

그레고르는 양쪽 문을 번갈아 보며 대꾸를 했다.

"준비 다 됐어요."

그리고 그는 잔뜩 신경을 써서 조심조심 발음을 하고, 한 낱말을 말하고 그 다음 낱말은 한참 뒤에 말함으로써 자기 목소리에서 수상쩍게 들릴 수 있는 걸 모두 제거하려고 애를 썼다. 아버지 역시 아침 식사를 하러 식탁으로 돌아갔다. 하지만 누이동생은 가만히 속살거렸다.

"오빠, 문 열어. 제발 좀 열어 봐."

하지만 그레고르는 문을 열어 줄 생각은 눈곱만큼도 없었다. 그는 여행을 하면서 조심하는 버릇이 생긴 덕분에 집에서도 밤에 문을 모두 잠가 놓았는데, 그러길 참 잘했다, 싶었다. 그는 우선 그 누구에게도 방해 받지 않고 조용히 일어나 옷을 입고 싶었다. 그리고 특히 아침 식사를 하고 싶었다. 일단 그러고 난 뒤에 그 다음 일을 궁리할 생각이었다. 침대에서는 아무리 곰곰 생각을 해 봐도 별 뾰족한 결론이 나올 것 같지 않았기 때문이다.

그는 지금껏 침대에서 아마도 잘못 누워 잔 탓에 생긴 듯한, 가벼운 통증을 종종 느꼈던 기억이 떠올랐다. 그런데 그런 통증은 막상 잠자리에서 일어나면, 조금도 느껴지지 않았다. 순전히 착각이었던 것이다. 그는 오늘 자신이 이렇게 저렇게 생각해 본 것들이 어떻게 하나 둘 없어지게 될지 몹시 궁금했다.

목소리가 변한 것은 바로 고약한 독감이 걸렸다는 징조였다. 그건 영업 사원들이 잘 걸리는 직업병이었던 것이다. 이불을 집어던지는 건 아주 간단한 일이었다. 몸을 조금 부풀리자, 이불은 스르르 흘러내렸다. 하지만 그 다음부터는 힘들었다. 몸이 옆으로 너무 넙죽하게 퍼져 있었기 때문에 더더욱 그랬다.

몸을 일으켜 세우려면 팔과 손이 있어야 할 텐데, 그는 팔과 손 대신 작은 다리만 수없이 많았다. 그 다리들은 조금도 가만 있지를 못하고 끊임없이 이쪽저쪽 제멋대로 마구 움직이고 있었는데, 그는 그 다리들을 맘대로 다룰 수도 없었다. 다리 한 개를 구부리려고 하면, 그 다리가 먼저 좍 펴졌다. 또 뜻하는 대로 그 다리를 간신히 움직였다 싶으면, 그 사이에 나머지 다리들은 해방이라도 된 듯이 일제히 난리법석을 떨며 움직이는 것이었다. 그런데 다리들은 무척 고통스러워하는 것 같았다.

"침대에서 그만 빈둥거려야겠다."

그레고르가 중얼거렸다. 우선 그는 몸 아래쪽부터 침대에서 나가려고 했다. 하지만 하반신은 — 그는 아직 자신의 하반신을 보지 못했기 때문에, 어떻게 생겼을지 상상도 되지 않았다 — 정말 움직이기가 힘들다는 사실을 알게 되었다. 그 일은 아주 아주 천천히 진행되었다. 마침내 그는 걷잡을 수 없이 포악해지는 듯 싶더니 있는 힘을 다해 몸을 앞쪽으로 마구 내밀었다. 그러다 방향을 잘못 잡아 침대 기둥 아래쪽에 그만 세게 부딪히고 말았다. 쿡쿡 쑤시며 통증이 느껴졌는데, 지금으로서는 몸 아래쪽이 가장 민감한 곳이라는 걸 그는 깨달았다.

그래서 그는 우선 상체부터 침대에서 빠져 나오도록 노력을 했다. 그는 침대 가장자리 쪽으로 고개를 살짝 돌렸다. 그건 힘들이지 않고 할 수 있었다. 몸체는 폭도 넓고 무거운데도, 결국은 머리가 움직이는 대로 서서히 같이 움직여 주었다. 하지만 마침내 머리를 침대 밖 허공에 쳐들자, 그는 이런 식으로 계속 앞으로 나아가는 게 덜컥 겁이 났다. 왜냐하면 그러다가 침대

밑으로 뚝 떨어지기라도 한다면, 기적이 일어나지 않는 한, 머리를 다칠 게 뻔했기 때문이다. 그리고 지금은 세상에 무슨 일이 있어도 절대로 의식을 잃어선 안 되었다. 그는 차라리 그냥 침대에 있고 싶었다.

하지만 그는 또 한 번 아까처럼 용을 쓰고 난 뒤에 땅이 꺼질 듯 한숨을 내쉬며 아까와 같은 자세로 누워 자신의 조그만 다리들이 조금 전보다 한층 더 극성맞게 서로 다투는 듯한 모습을 보았다. 다리들이 그만 좀 제멋대로 움직이고 얌전히 있게 할 방법이 없다는 것을 깨닫자, 그는 또다시 웅얼거렸다.

침대에 마냥 있을 수는 없는 일이니, 비록 그런 식으로 침대에서 빠져 나올 수 있는 가능성이 아주 희박하다 하더라도 어떤 희생을 감수해서라도 그렇게 해 보는 게 가장 현명한 일이라고 말이다.

하지만 동시에 그는 잔뜩 절망을 한 채 결심을 내리기보다는 침착하게, 아주 침착하게 숙고하는 편이 훨씬 더 나은 일이라는 사실을 잊지 않았다. 그는 그 사실을 짬짬이 떠올렸다. 그런 생각이 들 때면 그는 되도록 날카로운 시선으로 창가를 바라보았다. 하지만 유감스럽게도 좁다란 거리의 맞은편 쪽까지 안개가 잔뜩 끼어 있어서 장차 앞일이 어떻게 될지 확신도 들지 않았고, 기분도 상쾌해지지 않았다.

"벌써 일곱 시네."

자명종이 또 울리자 그가 중얼거렸다.

"벌써 일곱 시야. 그런데도 아직까지 안개가 끼어 있네."

잠시 동안 그는 숨소리를 죽이고 가만히 누워 있었다. 그는 방안에 깔린 너무나도 고요한 적막을 대하며, 그 적막이 예전처럼 현실적인 상태, 정상적인 상태로 모든 게 돌아오게 해 주기를 기대하고 있는 듯했다. 그러나 그 다음 순간, 그는 이렇게 혼잣말을 했다.

"무슨 일이 있어도 7시 15분 전에 침대에서 완전히 나가야 해. 회사에서 누군가가 와서 내가 어떻게 되었냐고 물어볼 거야. 회사는 7시 전에 문을 여니까."

그는 머리에서 발끝까지 어느 한 쪽으로 치우치지 않고 똑같이 몸을 잘 움직여서 침대 밖으로 몸을 밀어 내리려고 했다. 마치 침대 바깥쪽으로 그네를 밀듯 몸이 출렁출렁 흔들렸다. 만일 이런 식으로 침대에서 방바닥으로 떨어질 경우, 머리는 얼른 치켜들 것이므로 다치지는 않을 것이다. 등도 단단해 보이니 카펫에 떨어진다 해도 아무 일도 없을 것이다. 무엇보다 신경이 쓰이는 건 방바닥으로 떨어질 때 쿵 하는 소리가 요란하게 나는 것이었다. 필시 그런 소리는 날 것이다. 만일 그렇게 되면, 다른 방에 있는 식구들이 설사 기겁을 하지는 않는다고 하더라도 걱정은 하게 될 것이다.

그래도 그 일은 기필코 감행하지 않으면 안 되는 일이었다. 그레고르는 침대에서 몸이 이미 반쯤 나왔을 때―새로 써 본 방법은 힘이 드는 어떤 일이라기보다는 오히려 무슨 놀이를 하는 것 같았다. 그는 가끔씩 몸을 앞뒤로 움직이기만 하면 됐다─누군가 도와 주면 정말 일이 간단하게 해결되겠다는 생각이 퍼뜩 들었다. 힘센 사람 두 명이면─그는 아버지와 하녀를 떠올렸다─충분할 것이다.

그들은 둥그스름하게 불룩한 그의 등 밑으로 두 팔을 집어넣어 그를 침대에서 들어올리고, 그 상태에서 그대로 몸을 숙인 다음, 그가 방바닥에서 몸을 뒤집을 때까지 그저 가만히 있어 주기만 하면 되는 것이다. 그러면 그 조그만 다리들이 그 다음 일은 알아서 다 해 줄 것이다.

자, 그럼 방문이 다 잠겨 있다는 걸 뻔히 알지만, 그래도 도와 달라고 정말 한 번 고함을 질러 볼까? 참으로 긴급한 상황이었는데도 그런 생각이 들자, 그는 슬며시 웃음이 나오는 것을 참을 수가 없었다. 이미 그는 침대에서 몸을 너무 많이 내민 상태라 몸을 앞뒤로 힘껏 흔들어 대면 거의 균형을 잡을 수 없는 지경에 이르렀다. 그는 이제 곧바로 최종 결단을 내리지 않으면 안 되었다. 5분만 있으면 7시 15분이 되기 때문이었다. 그 때 현관문에서 초인종이 울렸다.

"회사에서 누가 왔구나."

그가 웅얼거렸다. 몸은 거의 뻣뻣하게 굳어 가는데, 작은 다리들은 더욱 더 속도를 내어 요란하게 춤을 춰 댔다. 한순간 적막이 흘렀다.

"아무도 문을 안 열어 주네. 그래, 제발 열어 주지 마라."

바보 같은 희망에 막연히 사로잡힌 채 그레고르가 중얼거렸다. 하지만 언제나 그런 것처럼 이내 하녀가 현관 쪽으로 씩씩하게 걸어가서 문을 열었다. 그는 찾아온 사람이 건네는 인사말의 첫 마디만 듣고도 그 사람이 누군지 단박에 알 수 있었다. 지배인이 직접 온 것이었다.

왜 나는 아주 조금만 늦어도 곧바로 엄청난 의심을 받는 그런 회사에서 근무를 해야 하는 팔자일까? 직원들이 한결같이 모두 건달들이란 말인가? 도대체 직원들 중에는 성실하고 헌신적인 사람이 하나도 없단 말인가? 아침에 두어 시간쯤 회사를 위해 일하지 않았다고 양심에 가책을 받고 멍한 상태가 된 나머지 침대에서 나오지 못하고 있는 직원이 하나도 없단 말인가? 이것 저것 성가시게 꼭 물어 봐야 하는 거면, 견습사원을 보내도 충분했을 텐데 꼭 지배인이 몸소 와야 했을까? 그래서 아무 죄 없는 식구들한테 이 수상쩍은 사건은 자기 딱 한 사람만 조사할 수 있다는 사실을 굳이 보여 줘야 한단 말인가?

결심을 굳게 했다기보다는 이런 식으로 골똘히 생각을 하다 흥분한 나머지, 그레고르는 있는 힘을 다해 침대에서 휙 뛰어내렸다. 소리가 크게 났으나 쿵 하는 소리는 나지 않았다. 카펫 때문에 떨어지는 소리가 좀 덜 났다. 그리고 등도 그가 생각했던 것보다는 탄력이 있었다. 그래서 그다지 요란한 소리는 나지 않았다. 신경을 덜 쓰는 바람에 머리를 충분히 쳐들지 않아 머리만 조금 부딪혔을 뿐이다. 그는 화도 나고 아프기도 해서 머리를 돌려 카펫에 문질렀다.

"저 안에서 뭔가 떨어졌는데요."

지배인이 왼쪽 옆방에서 말했다.

그레고르는 지배인에게도 언젠가 한 번쯤은 오늘 자신에게 일어난 일과 비슷한 일이 일어날 수 있을까, 하고 상상해 보려고 애를 썼다. 사실 그런 일이 일어날 가능성이 있다는 것은 시인하지 않을 수 없었다. 하지만 그런 질문에 퉁명스럽게 대답을 하려는 듯이 지배인은 옆방에서 몇 걸음 뚜벅뚜벅 걸으며, 에나멜 가죽 장화로 삐걱삐걱 소리를 냈다. 오른쪽 옆방에서는 동생이 그레고르에게 속삭였다. 누가 왔는지 알려 주기 위한 것이었다.

"오빠, 지배인님이 오셨어."

"나도 알아."

그레고르가 중얼거렸다. 하지만 동생이 알아들을 수 있게 감히 목청을 높이지는 못했다.

"그레고르, 지배인님이 오셔서 네가 왜 새벽 열차로 출발하지 않았느냐고 물으신다. 어떻게 말씀드려야 할지 우린 모르겠구나. 지배인님은 너랑 직접 말씀을 나누고 싶으시대. 그러니 문 좀 열어라. 방안이 지저분해도 선생님은 너그럽게 봐 주실 거야."

왼쪽 옆방에서 아버지가 말했다. 그 때 지배인이 상냥하게 인사말을 건넸다.

"잠자 씨, 안녕하세요."

"저 애가 몸이 안 좋아요."

아버지가 여전히 문에 대고 말을 하고 있는 동안, 어머니가 지배인에게 말했다.

"저 애가 몸이 안 좋아요. 지배인님, 정말이에요. 어떻게 그레고르가 기차를 놓칠 수가 있겠어요! 저 애 머릿속에는 회사밖에 없어요. 저녁에 외출도 한 번 하지 않아서 제가 화가 다 난답니다. 일 주일 내내 이 곳 시내에 있으면서도 매일 저녁 집에 있었지요. 집에서 식구들이랑 함께 식탁에 앉아서 조용히 신문을 읽거나 기차 시간표를 열심히 들여다봐요. 그저 실톱으로 뭔가를 만드는 게 유일한 취미예요. 저번엔 이틀 밤인가 사흘 밤을 걸려서 조그만 액자를 한 개 만들었지요. 액자를 보시면 놀라실 거예요. 정말 예쁘거든요. 액자는 저 방에 있어요. 그레고르가 방문을 열면 바로 보실 수 있지요. 지배인님, 지배인님이 오셔서 정말 다행이에요. 우리만 있었다면 그레고르한테 방문을 열게 하지 못했을 거예요. 고집이 보통이 아니거든요. 몸이 안 좋은 게 분명해요. 아까 그렇지 않다고는 했지만요."

"금방 갈게요."

그레고르가 신중한 목소리로 천천히 말했다. 그는 사람들이 나누는 대화를 한 마디도 놓치지 않기 위해서 꼼짝도 하지 않았다.

"부인, 저도 그런 것 같군요. 그런 이유 말고는 무슨 다른 이유가 없을 것 같군요. 많이 아프지 않았으면 좋겠네요. 그렇지만 한 가지는 말씀드려야겠습니다. 우리 사업하는 사람들은-행인지 불행인지 모르겠으나-몸이 조금 안 좋아도 사업을 생각해서 그냥 참고 넘어가야 하는 일이 비일비재하지요."

지배인이 말했다.

"자, 그럼 이제 지배인님이 방에 들어가셔도 되겠니?"

아버지가 초조한 목소리로 묻고는 문을 또 두드렸다.

"안 돼요."

그레고르가 말했다. 왼쪽 옆방에서는 거북스러운 침묵이 흘렀고, 오른쪽 옆방에서는 동생이 흐느끼기 시작했다. 동생은 왜 사람들한테 가지 않는 걸까? 이제 막 일어나 아직 옷도 챙겨 입지 않은 모양이다. 그런데 왜 우는 걸까? 내가 잠자리에서 일어나지도 않고, 또 지배인을 방안에 들어오지 못하게 해서? 그래서 혹시 내가 일자리를 잃어버릴지도 몰라서? 그리고 그렇게 되면 사장이 오래 된 빚을 들먹이며 부모님을 다시 못살게 굴까봐서? 하지만 그런 것들은 지금 당장은 쓸데없는 걱정이다. 아직은 내가 여기 버젓이 있고, 또 가족을 저버릴 생각은 추호도 없으니까. 지금 난 카펫 위에 편안히 누워 있다. 내 상태를 아는 사람이라면 그 누구도 지배인을 방안에 들여보내라고 진지하게 요구하지는 않을 것이다. 하지만 이 작은 무례한 행동 때문에 ─ 그에 대해선 나중에 적절한 변명을 댈 수 있을 것이다 ─ 내가 곧바로 해고되는 일은 없을 것이다.

그래서 그레고르에게는 울고불고하면서 설득을 시킨답시고 자신을 귀찮게 하지 않고, 지금은 그저 가만히 내버려 두는 게 훨씬 더 현명한 처사 같아 보였다. 하지만 사람들은 그가 과연 어떤 상황에 처해 있는지 도대체 가늠을 할 수 없었기 때문에, 자꾸만 마음이 무거워지고, 또 자신들이 한 행동에 대해서도 아무런 거리낌을 느끼지 않았다.

"잠자 씨."

지배인이 목소리를 높여 외쳤다.

"도대체 어떻게 된 거예요? 잠자 씨는 방안에 꼭 틀어박혀서 예, 아니요로만 대답을 하고, 부모님께 공연스레 걱정만 많이 시키고, 말이 나온 김에 하는 말이지만, 자신의 업무상 의무를 듣도 보도 못한 아주 희한한 방식으로 소홀히 하고 있잖아요. 난 지금 잠자 씨 부모님과 사장님을 대신해 말하는 거예요. 그러니 지금 당장 분명하게 해명을 해 봐요. 진심으로 부탁드립니다. 놀라워요, 정말 놀라워요. 난 당신이 침착하고 분별 있는 사람인 줄 알았어요. 그런데 이제 보니, 당신은 갑자기 정말 이상야릇한 변덕을 부린다는 걸 과시라도 하고 싶어하는 것 같군요. 사장님은 오늘 아침 일찍 당신이 오지 않은 데 대해 그럴 듯한 이유를 넌지시 말씀해 주셨어요. 그건 최근에 당신에게 맡긴 수금과 관계된 거예요. 하지만 난 그런 말씀은 천부당만부당한 거라고 맹세하다시피 하며 당신 편을 들어 줬어요. 하지만 지금 당신이 도저히 이해가 되지 않는 고집을 피우는 걸 보니, 조금이라도 편들어 주고 싶었던 맘이 싹 없어졌어요. 그리고 당신 자리는 절대로 붙박이처럼 안전한 게 아니에요. 원래는 당신과 단 둘이서 얘기할 생각이었는데, 당신이 여기서 내 시간을 쓸데없이 다 잡아먹는 바람에, 어쩔 수 없이 당신 부모님이 계시는 앞에서 다 말하게 된 거예요. 당신의 최근 실적은 정말 만족스럽지 못했어요. 계절상으로 볼 때, 지금이 장사가 아주 잘 되는 때는 아니라는 거, 우리도 잘 알고 있어요. 하지만 장사가 안 되는 계절이란 건 없는 법이에요. 잠자 씨, 그렇게 되면 안 되는 거죠."

"하지만 지배인님,"

그레고르가 외쳤다. 그는 제정신이 아니었다. 흥분을 하는 바람에 그는 다른 건 모두 새까맣게 잊어버렸다.

"지금 당장 문 열어 드릴게요. 지금 당장이요. 몸이 조금 안 좋은 데다 현기증도 나서 못 일어난 거예요. 아직도 침대에 누위 있기는 해요. 하지만 지금은 완전히 좋아졌어요. 지금 막 침대에서 일어나 나가고 있는 중이에요. 잠깐만 참아 주세요! 생각한 만큼 잘 되지는 않네요. 하지만 기분은 벌써 좋아졌어요. 이런 일이 어떻게 느닷없이 인간에게 일어날 수 있는지 모르겠네요! 어제 저녁까지만 해도 몸 상태가 참 좋았어요. 그건 우리 부모님도 잘 알고 계시죠. 아니, 어제 저녁에 이미 조금 예감되는 바가 있었던 것 같다고 해야 되겠네요. 저를 눈여겨봤다면 분명히 눈치를 챘을 거예요. 왜 제가 그런 사실을 회사에 미리 알리지 않았나 모르겠네요! 하지만 보통은 집에서 쉬지 않아도 병이 나을 거라고 생각들 하잖아요. 지배인님! 저희 부모님께 뭐라 하지는 마세요. 지배인님이 지금 저한테 질책을 하시는데, 그건 모두 근거가 없는 말씀이십니다. 저, 그런 말은 지금 처음 듣는 거예요. 최근에 제가 주문서를 몇 장 보냈는데, 지배인님께서는 아직 그걸 안 보신 모양이군요. 어쨌거나 8시 기차를 타고 출발할게요. 몇 시간 쉬니까 기운이 나네요. 지배인님, 여기 계시지 마시고 이만 가 보세요. 전 곧바로 회사에 가겠습니다. 그러니 사장님께 그렇게 말씀드려 주시고 제 사정에 대해서도 잘 말씀드려 주세요."

그레고르는 그 모든 말들을 단숨에 우르르 쏟아놓았다. 그는 자신이 무슨 말을 했는지 알지도 못했다. 침대에서 이미 연습한 덕택인지 그는 궤짝에 어렵지 않게 다가가 궤짝에 몸을 기댄 뒤 일어서려고 애를 썼다. 실제로 그는 문을 열고 자신의 모습을 있는 그대로 보여 주며, 지배인과 이야기를 하고 싶었다. 그는 지금 자신을 보고 싶어 안달을 하는 그 사람들이 자신을 보면, 과연 무슨 말을 할지, 알고 싶어 죽을 지경이었다. 만일 그들이 소스라치게 놀란다 해도, 그는 아무런 책임을 질 필요가 없으니까 그저 가만히 있으면 되는 것이다. 하지만 그들이 모든 것을 담담하게 받아들인다면, 그도 흥분할 이유는 없는 것이다. 그리고 서둘러 가면 8시 정각에 정거장에 닿을 수 있을 것이다.

그는 처음에는 매끈매끈한 궤짝에서 몇 번이나 미끄러졌지만, 결국 몸을 힘차게 휙 던지다시피 해서 똑바로 일어설 수 있게 되었다. 몸 아래쪽이 쿡쿡 쑤시면서 아팠지만, 그는 이제는 조금도 신경 쓰지 않았다. 그는 가까이 있는 의자 등받이에 몸을 휙 던지고, 등받이 가장자리를 작은 다리들로 꽉 붙잡았다. 그렇게 하자 마음도 추슬러졌다. 그는 갑자기 입을 꾹 다물어 버렸다. 지배인이 하는 말이 들렸기 때문이다.

"한 마디라도 알아들으셨나요? 혹시 지금 우리를 놀리고 있는 거 아닐까요?"

지배인이 그레고르의 부모에게 물었다.

"설마 그러겠어요."

어머니가 외쳤다. 목소리가 벌써 울먹울먹했다.

"저 애가 많이 아픈가 봐요. 우리가 그레고르를 힘들게 하고 있네요. 그레테! 그레테!"

그녀가 외쳤다.

"왜 엄마?"

반대편에 있던 동생이 외쳤다. 그들은 그레고르의 방을 사이에 두고 얘기를 주고받고 있었다.

"당장 의사한테 가라. 그레고르가 아파. 빨리 의사 선생님 오시라고 해. 그레고르가 지금 말하는 거 들었니?"

"동물 목소리네요."

지배인이 말했다. 어머니가 외치는 것과는 달리 무척이나 나지막한 목소리였다.

"안나! 안나!"

아버지가 현관 쪽 방을 향해 부엌에 대고 소리를 지르며 손뼉을 쳤다.

"철물공을 얼른 불러와!"

그 말에 두 처녀는 현관방을 가로질러 뛰어갔다. 두 사람이 입고 있는 치마가 버스럭버스럭 스치는 소리가 났다. 동생이 어떻게 저렇게 빨리 옷을 갈아입을 수가 있었을까? 두 처녀는 현관문을 홱 열어 젖혔다. 문 닫는 소리는 들리지 않았다. 그들은 문을 열어둔 채 그대로 나간 모양이었다. 굉장히 불행한 일이 일어난 집에서 종종 그렇듯이.

하지만 그레고르는 훨씬 더 차분해졌다. 사람들은 그가 하는 말을 더 이상 알아듣지 못했다. 그래도 그는 자신이 하는 말이 아까보다는 훨씬 더 또렷하게 들렸다. 그 동안 벌써 귀에 익숙해진 모양이었다. 하지만 사람들은 이제 그에게 무슨 문제가 생긴 것이라고 여기고는 그를 도와 줄 태세였다. 사람들이 이렇게 제일 먼저 취한 조치가 깊은 신뢰와 확신에서 나온 것이라는 생각이 들자, 그는 흐뭇했다.

그는 다시 인간들의 무리에 속하게 된 듯한 기분이 들었다. 그는 의사와 철물공을 제대로 구분하지도 못하면서 그 둘이 뛰어난 놀라운 업적을 내 주기를 기대했다. 곧 시작될 아주 중대한 논의에 대비해 그는 최대한 맑은 목소리를 내기 위해 기침을 조금 해 보았다. 물론 가만가만 소리를 죽인 채 기침을 했다. 기침 소리도 인간의 기침 소리와는 다르게 들릴지도 모르기 때문이었다. 이제 그는 그런 것을 구분할 자신도 없었다. 그 사이 옆방은 아주 조용해졌다. 아마도 부모님이 지배인과 함께 탁자에 앉아 은밀히 속삭이든가, 아니면 세 사람이 모두 그의 방문에 붙어 선 채 엿듣고 있는지도 모른다.

그레고르는 천천히 안락의자를 문 쪽으로 밀고 간 다음, 안락의자는 일단 그 곳에 두고 문에 몸을 던졌다. 문에 몸을 딱 붙이고 똑바로 일어선 다음—그의 작은 다리들의 끝에서는 끈끈한 액체가 조금씩 분비되고 있었다—그는 잠시 긴장을 풀고 쉬었다. 하지만 잠시 뒤, 그는 열쇠 구멍에 꽂혀 있는 열쇠를 입으로 돌리는 일에 착수했다. 유감스럽게도 이가 하나도 없는 것 같았다. 그렇다면 열쇠를 대체 뭘로 잡는단 말인가? 하지만 그 대신 턱은 물론 무척 단단했다. 그런 턱 덕분에 그는 열쇠를 실제로 움직일 수 있었다. 몸 어딘가에 상처가 난 게 분명했다. 갈색 액체가 입에서 나와 열쇠 위로 흘러내리다가 바닥에 똑똑 떨어지고 있었다. 그래도 그는 개의치 않았다.

"들어 보세요. 열쇠를 돌리고 있네요."

옆방에서 지배인이 말했다. 그건 그레고르에게는 정말 힘을 실어 주는 말이었다. 하지만 모두들 힘차게 응원해 줘야 하는 것이었다. 아버지도 그렇고 어머니도 그렇다.

"그레고르, 힘 내. 열쇠를 꽉 쥐고 해 봐!"

이렇게 외쳐야 하는 것이다. 그는 사람들이 모두 자신이 지금 열심히 애를 쓰고 있는 모습을 숨죽이고 지켜보고 있다고 머릿속으로 상상을 하면서 열쇠를 더 꽉 물었다. 열쇠를 계속 돌릴수록 그는 자물쇠 주위를 빙글빙글 춤을 추듯 돌았다. 지금 그는 오로지 입 하나로 몸을 똑바로 가누었고, 그때그때 필요에 따라 열쇠에 매달리기도 하고, 온몸의 힘을 실어 열쇠를 다시 꽉 내리누르기도 했다. 마침내 자물쇠 열리는 소리가 딸각 하고 나자, 그는 정신이 번뜩 났다. 그는 숨을 내쉬며 혼잣말을 했다.

"철물공 없어도 다 되잖아."

그리고 문을 활짝 열려고 손잡이 위에 머리를 올려놓았다. 그는 이런 식으로 문을 열어야 했기 때문에, 문은 아주 활짝 열렸다. 그러나 그는 아직 밖에서는 보이지 않았다. 그는 우선 문 주위를 서서히, 아주 조심스럽게 돌아야 했다. 그래야 거실로 가기 직전에 뒤로 벌렁 나자빠지지 않을 것이다.

그렇게 힘든 동작을 취하는 일에 몰두하느라 그는 그 외 다른 것은 신경 쓸 겨를이 없었다. 그 때 그는 지배인이 벌써 "아!" 하고 비명을 지르는 소리를 들었다. 그 소리는 바람이 쏴쏴 하는 소리 같았다. 그는 지배인이 문 바로 옆에 서 있다가 딱 벌린 입에 손을 대고 서서히 뒷걸음질을 치고 있는 모습도 보았다. 눈에 보이지는 않지만 지속적으로 균일하게 작용하는 어떤 힘이 지배인을 내쫓고 있는 듯했다.

어머니는—그녀는 지배인이 있는데도 어젯밤 잘 때 풀어 놓은 머리 그대로 서 있었다. 어머니의 머리는 삐죽삐죽 삐쳐 있었다—두 손을 깍지 끼고 아버지를 뚫어지게 바라보다가 그레고르 쪽으로 두 발자국 간 다음, 무너지다시피 거실 바닥에 털썩 주저앉았다. 어머니가 입고 있던 치마는 바닥에 좍 퍼졌고, 얼굴은 하나도 보이지 않았다. 고개를 푹 숙이고 있었기 때문이다.

아버지는 잔뜩 적개심에 찬 표정을 지으며 주먹을 불끈 쥐었다. 그레고르를 그의 방으로 다시 처넣고 싶어하는 듯했다. 하지만 다음 순간, 아버지는 불안스러운 듯 거실을 휘 돌아보았다. 그는 두 손으로 얼굴을 가리고는 소리 내어 울었다. 그의 우람한 가슴이 들먹거렸다.

그레고르는 거실에 한 발자국도 들여 놓지 않았다. 거실 안쪽에서 단단히 빗장을 질러 놓은 문짝에 기댄 채 서 있었기 때문에, 그의 몸뚱이는 상반신과 그 위로 갸우뚱 숙이고 있는 머리만 보였다. 그는 그렇게 고개를 숙인 채 사람들을 주의 깊게 바라보고 있었다.

그러는 사이, 날은 꽤 많이 밝아졌다. 길 건너편에서는 끝없이 기다란 짙은 회색 건물의—그건 병원이었다—일부분이 또렷이 보였다. 건물 정면에 엄격하다 싶을 정도로 일정한 간격을 두고 규칙적으로 나 있는 창들도 보였다. 여전히 비는 주룩주룩 내리고 있었다. 하지만 굵은 빗줄기가 하나하나 다 눈에 보이고, 땅바닥에 떨어질 때도 빗방울이 일일이 다 보였다. 식탁에는 아침 식사에 쓰이는 그릇들이 수도 셀 수 없을 정도로 많이 놓여 있었다. 아버지에게는 아침 식사가 하루 중 가장 중요한 식사였기 때문이다. 아버지는 아침 식사를 하면서 몇 가지 종류의 신문을 읽느라 식탁에 몇 시간씩 앉아 있었다.

바로 맞은 편 벽에는 그레고르가 군복무를 하던 중 찍은 사진이 걸려 있었다. 사진에는 소위 복장을 한 그가 대검을 잡고 아무 근심 걱정 없이 빙그레 웃고 있는 모습이 담겨 있었다. 자신의 자태며 제복에 경의를 표하라고 바라는 눈치였다. 현관방 쪽으로 난 문이 열려 있는 데다, 거실 문까지 열려 있어서 현관 앞쪽이 보이고 아래층으로 내려가는 계단도 조금 보였다.

"그럼,"

그레고르가 말했다. 아무런 동요 없이 태연했던 사람은 자기 한 사람뿐이었다는 사실을 그는 분명히 알게 되었다.

"금방 옷 입고, 견본 꾸러미를 싸서 출발할게요. 모두들, 모두들 제가 기차 타고 가길 바라지요? 지배인님, 지배인님께서는 제가 고집불통도 아니고 일하는 것도 좋아한다는 걸 잘 아시잖아요. 여행을 하는 건 보통 힘든 게 아니지요. 하지만 전 출장 여행을 다니지 못하면 아마 못 살 거예요. 지배인님, 아니, 어디를 가시려고 하는 거예요? 회사 가시는 건가요? 그런 거예요? 사실대로 모두 보고하실 건가요? 지금 당장은 일을 하지 못해도 지금 같은 때야말로 과거 실적을 참조하셔서 나중에 지금의 이 장애만 없어지면, 예전보다 더 열심히, 그리고 더 정신을 바짝 차리고 일을 할 거란 점을 고려해 보실 때잖아요. 전, 사장님께 신세 진 게 너무나도 많아요. 지배인님도 잘 아시잖아요. 그리고 저는 부모님과 여동생도 걱정이에요. 지금 제 사정이 정말 안 좋거든요. 하지만 어떻게든 힘껏 노력해서 이 상황에서 꼭 벗어날 거예요. 그렇지만 지금보다 절 더 힘들게 만들지는 말아 주세요. 회사에서 제 편 좀 들어 주세요! 사람들이 영업 사원을 좋아하지 않는다는 거, 저도 잘 알아요. 사람들은 영업 사원들은 떼돈을 벌어 아주 잘 사는 줄 알죠. 사람들이 그렇게 편견을 갖는 데 대해 이러쿵저러쿵 숙고해 보고 싶은 마음도 전 별로 없어요. 지배인님, 하지만 지배인님께서는 다른 어떤 사원보다 회사 돌아가는 사정을 훨씬 더 잘 알고 계시잖아요. 지배인님 앞이니까 드리는 말씀인데, 지배인님은 사장님보다 훨씬 더 그런 사정을 잘 아시죠. 사장님은 기업가의 입장에 있다 보니, 판단을 내리실 때 자칫 일개 직원에게 불리할 수 있게 잘못 생각하실 수 있지요. 지배인님도 잘 아시잖아요. 거의 일 년 내내 회사 밖에서 돌아다니는 영업 사원은 걸핏하면 사람들이 일삼는 비방이나 근거 없는 불평, 그리고 뜻밖의 사건의 희생자가 되기 십상이지요. 그런 것들에 맞선다는 건 영업 사원에게는 전적으로 불가능한 일이에요. 대부분 그런 것들에 대해 눈곱만큼도 알지 못하니까요. 출장을 마치고 파김치가 된 몸을 이끌고 집에 돌아와 도대체 왜 그런지 원인은 알 수 없지만, 하여튼 좋지 않은 이런저런 결과들만 자신의 몸에서 느낄 때, 그럴 때만 앞서 말씀드린 것들에 대해 조금 알 수 있을 뿐이지요. 지배인님도 그런 걸 잘 아실 겁니다. 지배인님, 가시기 전에 제 말이 조금만이라도 맞다는 얘기를 한 마디라도 좀 해 주세요!"

하지만 지배인은 그레고르가 몇 마디 꺼내기도 전에 돌아서서 어깨를 으쓱하고는 입술을 삐죽 내민 채 그레고르를 돌아보았다. 지배인은 그레고르가 말을 하는 동안, 잠시도 가만있지 못하고 그에게서 눈길을 떼지 않은 채 문 쪽으로 슬금슬금 발걸음을 옮기고 있었다. 거실을 떠나면 안 된다는 어떤 비밀스러운 금지령이라도 받은 듯이 가는 듯 안 가는 듯 아주 천천히 움직였다. 그래도 벌써 그는 현관방에 가 있었다. 그런데 그가 거실에서 마지막 발걸음을 떼는 동작은 어찌나 빨랐던지 방금 전에 발바닥에 화상이라도 입은 것 같았다. 하지만 현관방에서 그는 오른손을 계단 쪽으로 좍 뻗었다. 마치 그 곳에서 그야말로 이 세상을 초월한 어떤 구원의 손길이 그를 기다리고 있기라도 한 것처럼.

그레고르는 어떤 일이 있어도 지배인을 이대로 보내면 안 되겠다는 생각이 들었다. 설사 그가 그런 기분으로 간다고 해서 회사 내에서 자신의 지위가 극도로 위태로워지는 건 아니라 하더라도 말이다. 그레고르의 부모는 그 모든 게 잘 이해가 되지 않았다. 그들은 여러 해가 지나는 동안 그레고르가 그 회사에서 평생 직장 생활을 하는 게 확실하게 보장되어 있다고 굳게 믿고 있었다. 게다가 눈앞에 닥친 걱정 때문에 그들은 미래에 대해선 생각할 겨를도 없었다.

하지만 그레고르는 미래를 내다볼 수 있었다. 지배인을 일단 가지 못하게 붙들고 진정시킨 다음, 설득시키고 결국은 내 편으로 만들어야 한다. 나와 가족의 장래가 바로 거기 달려 있지 않은가! 동생이 옆에 있으면 얼마나 좋을까! 동생은 총명한 아이다. 그 아이는 내가 천연덕스럽게 등을 대고 누워 있을 때, 이미 눈물을 흘리고 있었지. 지배인은 여자들에게 친절하게 대해 주는 사람이니까 분명히 동생 말을 들을 것이다. 동생은 거실 문을 닫고 현관방에서 그에게 조근조근 말을 걸어 그의 놀란 마음을 다독거려 돌려놓을 것이다. 하지만 동생이 여기 없으니 내 스스로 뭔가 행동을 취하지 않으면 안 된다.

그런 까닭에 그는 자신이 어떻게 하면 움직일 수 있을지, 그 방법에 대해 전혀 아는 바가 없다는 생각도 하지 않고, 또 자신이 말을 하면 상대방이 아마도, 아니 십중팔구는 알아듣지도 못한다는 것을 생각지도 못한 채, 문짝에서 몸을 떼고 문이 열린 틈으로 몸을 밀어 넣고는 지배인에게 가려고 했다.

지배인은 현관 앞쪽에 있는 난간을 두 손으로 꽉 잡고 있었다. 그 모습은 참으로 우스꽝스러웠다. 하지만 그레고르는 붙잡을 데가 어디 없나, 하고 찾다가 나지막하게 외마디 소리를 지르고는 곧바로 쿵 넘어졌다. 그런데 수많은 작은 다리들이 몸을 지탱해 주고 있었다. 그 순간 그는 그 날 아침 눈을 뜬 뒤 처음으로 몸이 편안해지면서 기분이 좋아지는 게 느껴졌다. 작은 다리들은 거실 바닥을 꽉 딛고 있었다. 또한 다리들은 완전히 그의 뜻대로 움직여 주었다. 그는 뿌듯했다. 뿐만 아니라 다리들은 그가 가고 싶어하는 곳으로 그를 모셔다 주려고 애도 쓰고 있었다.

그래서 그는 조금만 있으면 이 모든 고통에서 완전히 벗어날 것이라고 굳게 믿었다. 하지만 그가 어머니로부터 별로 떨어지지 않은 맞은편 거실 바닥에 누워 몸이 움직이는 걸 자제하느라 앞뒤로 흔들흔들 움직이고 있는 바로 그 순간에, 완전히 넋을 놓고 있는 것같이 보이던 어머니가 갑자기 펄쩍 뛰어오르며 두 팔을 활짝 벌리고 손가락을 있는 대로 좍 편 채 외쳤다.

"사람 살려! 사람 살려!"

어머니는 그레고르를 더 잘 보려는 듯이 고개를 숙였다. 하지만 언제 그랬냐는 듯이 정신없이 뒷걸음질 쳐서 달아났다. 어머니는 자기 뒤쪽에 아침 식사가 차려져 있는 식탁이 있다는 것도 까맣게 잊어버린 것이다. 어머니는 식탁 가까이 가자, 정신 나간 사람처럼 얼른 식탁 위에 비칠, 주저앉았다. 바로 자기 옆에 있던 커다란 커피 주전자가 엎어져 카펫 위로 커피가 콸콸 쏟아지고 있다는 사실을 조금도 눈치 채지 못하는 듯했다.

"어머니, 어머니,"

그레고르는 가만히 어머니를 부르며 올려다보았다. 한순간 그레고르의 안중에는 지배인 같은 건 없었다. 그 대신 그는 식탁에서 커피가 줄줄 흘러내리는 걸 보면서 자신도 모르게 턱을 허공에 치켜들고 몇 번이나 커피를 덥석덥석 받아먹으려고 했다. 어머니는 그런 모습을 보자, 또다시 비명을 지르면서 식탁에서 뛰어내렸다. 그리고 때마침 부리나케 달려온 아버지의 품에 와락 안겼다.

하지만 그레고르는 지금 자기 부모님에게 신경을 쓸 틈이 없었다. 지배인은 벌써 계단에 있었던 것이다. 그는 턱을 난간에 얹은 채 마지막으로 한 번 더 뒤를 돌아보았다. 그레고르는 어떻게든 그를 붙잡을 셈으로 몸을 빨리 움직여 도움닫기를 했다. 지배인은 무언가 눈치 챈 게 분명했다. 그는 계단을 한 번에 몇 개씩 획획 뛰어 내려가더니 완전히 사라져 버렸다.

"휴!"

지배인은 한 번 더 외쳤다. 그 소리는 계단 전체에 울려 퍼졌다. 지배인이 이런 식으로 도망을 가자, 유감스럽게도 지금까지 비교적 차분하던 아버지는 몹시 당황한 듯했다. 왜냐하면 지배인 뒤를 직접 따라간다거나, 아니면 적어도 그레고르가 지배인을 뒤쫓아 가는 걸 막지 않고 그냥 내버려 두기는커녕 아버지는 오른손으로 지배인의 지팡이를 움켜쥐고 – 지배인은 지팡이, 모자, 외투를 소파에 그대로 두고 나갔다 – 왼손으로는 식탁에 있는 두툼한 신문을 가져와 두 발을 쾅쾅 구르고 지팡이와 신문을 흔들어 대며 그레고르를 그의 방으로 몰아넣으려고 했기 때문이다.

그레고르가 아무리 애원을 해도 소용이 없었다. 애원하고 통사정을 해도 아버지는 조금도 알아듣지 못했다. 그레고르가 고개를 다소곳이 돌리려 했는데도 아버지는 한층 더 요란하게 발을 굴러 댔다. 아버지로부터 조금 떨어진 뒤쪽에서는 어머니가 날씨가 쌀쌀한 데도 창문을 홱 열어 젖히고, 얼굴을 두 손으로 감싼 채 창밖으로 몸을 쑥 내밀고 있었다. 골목과 계단 사이로 바람이 세게 불어왔다. 창가의 커튼이 펄럭거렸고, 식탁 위에 있던 신문에서는 버스럭버스럭 소리가 나더니 신문이 한 장 한 장 바닥에 떨어졌다. 아버지는 그레고르를 무지막지하게 계속 몰아 대면서 야만인처럼 계속 쉿쉿 소리를 냈다.

하지만 그레고르는 뒤로 가는 건 아직 한 번도 연습을 해 본 적이 없었던 터라, 아주 굼뜨게 느릿느릿 갈 수밖에 없었다. 몸을 돌릴 수만 있다면, 그는 곧바로 자기 방으로 들어갈 수 있었을 것이다. 하지만 그는 몸을 회전시키다가 혹시라도 시간이 많이 걸리면 아버지가 짜증을 낼까 봐 두려웠고, 어느 때라도 아버지 손에 있는 지팡이에 등이나 머리를 심하게 맞아 목숨이 위태로울 수도 있었다. 그래도 그에게는 그 방법 말고 딱히 다른 방법은 없었다. 왜냐하면 그는 자신이 뒤로 갈 때, 자신이 방향을 제대로 잡을 줄 모른다는 사실을 깨달았기 때문이다. 그는 소스라치게 놀랐다.

그래서 그는 줄곧 불안한 마음으로 아버지를 흘끔흘끔 곁눈질하면서 최대한도로 속도를 내어 몸을 돌리기 시작했다. 하지만 실제로 속도는 거의 없었다. 모르긴 해도 아버지가 그의 착한 마음을 알아차린 듯했다. 왜냐하면 아버지는 그가 그렇게 하게 그냥 내버려 두었고, 멀찌감치 서서 지팡이 끝으로 그레고르가 움직이는 방향을 가끔씩 선두 지휘까지 했기 때문이다.

아버지가 쉿쉿 소리만 내지 않으면 얼마나 좋을까! 그레고르는 그 소리 때문에 정말 미쳐 버릴 것만 같았다! 쉿쉿거리는 소리에 계속 귀를 기울이는 통에 그는 이미 몸을 거의 다 돌렸는데도, 그만 착각을 해 조금 거꾸로 돌기도 했다. 하지만 결국 천만다행으로 그의 머리가 문 앞까지 왔으나, 문이 열려져 있는데도 몸통이 너무 넓죽해서 방안에 곧바로 들어갈 수는 없다는 사실을 그는 깨달았다.

아버지의 지금 기분으로 봐서는 그레고르가 방안에 수월하게 들어가라고 다른 쪽 문짝을 열어 주리라는 건 꿈에도 생각할 수 없는 일이었다. 아버지는 그저 그레고르가 되도록이면 빨리 자기 방으로 들어가야 한다는 생각밖에 없었다. 그레고르가 몸을 일으키려면 몇 가지 번거로운 준비 과정이 필요할 테고, 또 몸을 세운 자세로 방문을 통과한다 해도 일스러운 준비 과정이 또 몇 차례 필요할 텐데, 아버지는 절대로 그 꼴을 봐주지 않을 것이다.

그러기는커녕 그는 장애물 같은 건 하나도 없다는 듯이 무척이나 요란한 소리를 내면서 그레고르를 앞으로, 앞으로 계속 몰아 댔다. 그레고르 뒤쪽에서 나는 소리는 더 이상 이 세상에

단 한 분밖에 없는 아버지의 목소리 같지가 않았다. 이제는 정작 재미 같은 건 느껴지지 않았다. 그래서 그레고르는 무슨 일이 일어날 테면 나 봐라, 하는 마음으로 방 안쪽으로 돌진했다. 그는 몸 한 쪽이 위로 들린 채 문간에 비스듬히 누워 버린 상태가 되었다.

한 쪽 옆구리는 문가에 긁혀 완전히 생채기가 났고, 하얗게 칠을 한 문에는 보기 흉한 얼룩이 여기저기 생겼다. 그는 문간에 금세 몸이 꽉 끼어 버리는 바람에 혼자서는 옴짝달싹도 할 수가 없었다. 한 쪽 다리들은 허공에서 바들바들 떨고 있었고, 다른 쪽 다리들은 바닥 쪽에 깔렸다. 아팠다. 그 때 아버지가 뒤에서 그를 힘껏 발로 찼다. 그를 구원해 준 것이다. 그는 피를 철철 흘리며 자기 방안으로 휙 날아갔다. 아버지 지팡이에 문이 탁 닫혀 버렸다. 드디어 집안이 조용해졌다.

Ⅱ

땅거미가 내릴 즈음, 그레고르는 마치 혼수상태에 빠진 듯한 깊은 잠에서 비로소 깨어났다. 설사 잠을 깨우는 소리가 나지 않았어도 그 때쯤이면 눈을 떴을 것이다. 충분히 쉬고 잠도 푹 잤기 때문이다. 하지만 누군가가 급히 휙 지나가는 발걸음 소리, 그리고 현관방으로 통하는 문이 가만히 닫히는 소리에 잠이 깬 듯했다. 전기로 작동되는 가로등 불빛이 천장과 가구 위쪽을 여기저기 희미하게 비추고 있었다. 하지만 그레고르가 있는 아래쪽은 어두웠다.

그는 그제서야 비로소 더듬이의 중요성을 깨닫게 되었다. 아직은 서툴지만 더듬이로 더듬더듬 더듬어가면서 무슨 일이 일어났는지 알아볼 셈으로 서서히 몸을 움직여 문 쪽으로 기어갔다. 그의 왼쪽 옆구리에는 상처 자국이 기다랗게 나 있었는데, 그 부분은 당기는 듯했고 기분도 안 좋았다. 그래서 그는 두 줄로 죽 나 있는 다리를 계속해서 절름거릴 수밖에 없었다. 게다가 다리 하나는 오전에 뜻밖의 사건이 일어나는 바람에 심하게 다쳐서─다리 한 개만 다쳤다는 건 거의 기적과도 같은 일이었다─질질 끌렸다. 그 부분엔 생명이 없는 것 같았다.

문가에 이르자, 그는 도대체 과연 어떤 것이 자신을 그리로 오게 살살 유혹을 했는지 비로소 알아차렸다. 그건 어떤 음식 냄새였다. 그 곳에는 달콤한 우유가 담긴 대접이 있었고, 우유 속엔 잘게 썬 흰빵 조각이 둥둥 떠다니고 있었다. 그는 너무 기쁜 나머지 하하하 소리를 내며 웃을 뻔했다. 아침나절보다 배가 훨씬 더 고팠기 때문이다. 그는 우유 속에 두 눈이 거의 잠길 정도로 곧바로 대접에 머리를 쑥 집어넣었다. 하지만 이내 실망을 하고는 고개를 들었다. 왼쪽 옆구리가 아파서 우유를 먹기가 힘들 뿐만 아니라 – 몸 전체가 미친 듯이 격렬하게 같이 움직여 주어야만 음식을 먹을 수가 있었다 – 보통 때는 우유를 무척이나 좋아했었는데, 이제는 하나도 맛이 없었기 때문이다.

그가 우유를 좋아해서 동생이 그의 방안에 우유를 넣어두고 간 게 틀림없었다. 하지만 그는 우유가 꼴도 보기 싫었다. 그는 우유 대접을 외면하고 방 한가운데로 다시 기어갔다. 문틈으로 내다보니 거실에는 가스등이 켜져 있었다. 보통 때 같으면 이런 낮 시간에 아버지는 어머니한테 그 날 오후에 나온 석간신문을 목청을 높여 가며 읽어 주곤 했다. 때로는 동생에게도 신문을 읽어 주었다. 그런데 지금은 아무 소리도 들리지 않았다. 동생은 아버지가 신문을 낭독하는 것에 대해 늘 이야기를 해 주고 편지에 쓰기도 했었는데, 최근 들어서는 신문을 낭독하는 일은 그만 둔 모양이었다. 하지만 주위는 너무나도 조용했다. 그래도 집은 텅 비지 않은 게 분명했다.

"우리 집 식구들은 참 조용히 사는구나."

그레고르는 혼잣말을 했다. 그는 어둠 속을 뚫어져라 응시하면서 자신이 부모님과 동생을 이렇게 좋은 집에서 이렇게 잘 살게 해 주었다는 사실에 대해 가슴 깊이 자부심을 느꼈다. 하지만 이제 이토록 평온하고 이토록 유복하고 이토록 만족스럽게 살다가 놀랍게도 그 모든 게 갑자기 끝장나 버리면 과연 어떻게 될까? 그런 생각에 깊이 잠기지 않기 위해서 그레고르는 몸을 움직이기로 했다. 그는 방안을 이리저리 기어 다녔다.

기나긴 저녁 시간 동안에 옆문 한 개가 빼꼼 열리다 얼른 닫혔다. 다른 옆문 역시 그랬다. 아마 누군가 그레고르 방에 들어오려고 했다가, 다시금 이런저런 생각을 너무 많이 하게 되었나 보다. 그레고르는 거실로 통하는 문 옆에 바싹 붙어 서서 이럴까 저럴까, 망설이고 있는 그 사람을 어떻게든 들어오게 해야겠다고 맘을 먹었다. 그게 여의치 않으면 적어도 그 사람이 누군지는 알아보기로 작정을 했다.

하지만 문은 두 번 다시 열리지 않았다. 기다렸지만 아무 소용이 없었다. 아침에 문이란 문이 모두 잠겨 있을 때는 다들 그의 방에 들어오고 싶어하더니, 이제 그가 문을 하나 열어 놓았는데도 아무도 오지 않은 것이다. 물론 낮 동안에는 다른 문들도 분명 열려 있었다. 문 밖에는 열쇠까지 꽂혀 있었다.

밤이 되어서야 비로소 거실의 불이 꺼졌다. 부모님과 동생이 그 때까지 잠을 자지 않고 깨어 있었다는 사실을 쉽게 알 수 있었다. 세 사람 모두 까치발을 하고 그 곳에서 멀어져가는 게 똑똑히 들렸기 때문이다. 그렇다면 아침이 될 때까지 아무도 그레고르 방에 들어오지 않을 게 틀림없었다. 말하자면 그는 자신의 삶을 이제 어떻게 새롭게 재단해야 하는지, 그 누구의 방해도 받지 않고 골똘히 생각해 볼 시간이 많이 생긴 것이다.

하지만 방바닥에 넙죽 누워 있어야만 하는, 천장이 높고 텅 빈 이 방은 왠지 모르게 무서웠다. 그 방에서 산 지가 5년이나 되었는데도 말이다. 그는 거의 무의식적으로 몸을 돌려 기다란 소파 밑으로 얼른 기어들어갔다. 수치심이 조금 일었다. 등이 약간 눌리고 고개를 들 수는 없었지만, 그래도 그 곳에 있으니 금세 기분이 무척이나 좋아졌다. 다만 몸이 너무나 옆으로 퍼진 탓에 소파 밑으로 완전히 들어갈 수 없는 게 유감스러울 뿐이었다.

밤새도록 그는 그 곳에 있었다. 선잠이 들다가도 그는 배가 고파 몇 번씩이나 소스라치게 깨어나기도 하고, 근심 걱정을 한다든가 이런저런 막연한 희망을 가져 보기도 하면서 밤을 보냈다. 그러나 언제나 결론은 같았다. 당분간은 조용히 처신해야 한다는 것, 그리고 인내심을 갖고 잘 참으며 최대한 가족을 배려해서 지금 자신이 처한 상태에서 야기될 수밖에 없는 불쾌한 일들을 아무쪼록 가족이 견디어 낼 수 있도록 해 줘야 한다는 것이었다.

아직도 거의 밤이나 다름없는 이른 새벽에 그레고르는 이제 막 결심한 바를 시험해 볼 기회가 생겼다. 동생이 옷을 거의 다 챙겨 입은 상태로 현관방에서 문을 열고 긴장된 얼굴로 그의 방 안을 들여다보았기 때문이다. 동생은 그를 곧바로 발견하지는 못했다. 하지만 소파 밑에 있다는 걸 알아채고는—맙소사, 어딘가에 그는 존재해야 하는 것이다. 어딘가로 휙 날아가 버릴 수는 없지 않은가 – 소스라치게 놀라서 어쩔 줄 몰라 하다가 밖에서 문을 다시 닫아 버렸다. 그러나 동생은 자신이 한 행동이 후회가 되었는지 얼른 문을 다시 열고는 중환자나 처음 보는 사람이 있는 방에 들어오듯이 까치발을 하고 방안에 들어왔다.

그레고르는 소파 가장자리까지 고개를 내밀고 동생을 관찰했다. 내가 우유에 입도 안 대고 그대로 두었다는 것을 동생은 알아챌까? 그것도 절대로 배가 고프지 않아서 안 먹은 게 아니라는 것을 말이다. 오빠 입맛에 더 잘 맞는 다른 음식을 가져오지는 않을까? 만일 동생이 알아서 그렇게 해 주지 않으면, 그는 동생에게 그 점을 알아채게 하느니 차라리 굶어 죽고 싶었다.

그렇기는 해도 사실 그는 소파 밑에서 후다닥 뛰어나와 동생의 발밑에 몸을 내던지고 괜찮은 음식을 달라고 부탁하고 싶은 마음이 굴뚝같았다. 하지만 동생은 대접 주위에 우유가 여기저기 뚝뚝 떨어져 있을 뿐, 아직도 대접에 우유가 그득 담겨 있는 것을 한눈에 발견하고는 흠칫 놀란 표정을 지으며 얼른 대접을 집어들었다. 동생은 대접을 두 손으로 집어들지 않고 헝겊 조각으로 집어들었다. 그러고는 방에서 나가 버렸다. 동생이 우유 대신 어떤 걸 갖고 올지 그레고르는 몹시 궁금했다. 그는 별의 별 것을 다 떠올려 보았다. 하지만 그는 마음씨 고운 동생이 실제로 무슨 일을 할지, 결코 감을 잡지 못했을 것이다.

동생은 그의 입맛을 알아보기 위해 음식을 있는 대로 다 가져와 오래된 신문지 위에 주르르 늘어놓았다. 오래 돼서 반은 썩어 버린 야채, 저녁에 먹고 남은 뼈다귀─뼈다귀에는 화이트 소스가 묻어 있었는데, 이미 굳어 버린 뒤였다─, 건포도와 아몬드 몇 개, 그레고르가 이틀 전에 맛이 없다고 했던 치즈 한 조각, 바싹 말라 버린 빵 한 개, 버터 바른 빵 한 개, 그리고 버터 바르고 소금 친 빵 한 개가 신문지 위에 있었다. 동생은 또 그레고르를 생각해 정해 놓은 듯한 그릇으로 보이는 대접을 놓고는 거기다 물을 따랐다. 그런 다음 동생은 그레고르가 자기가 보는 앞에서는 먹으려 하지 않을 것이라는 걸 잘 알기 때문에, 얼른 방에서 나가더니 마음 편히 먹으라는 뜻으로 문도 잠가 버렸다.

그레고르가 음식이 있는 곳으로 가려고 하자, 작은 다리들은 윙윙 소리를 내며 빠른 속도로 움직였다. 상처는 이미 완전히 나은 것이 틀림없었다. 그는 어떤 장애도 느끼지 못했다. 그런 사실이 그는 놀라웠다. 한 달 조금 전에 칼에 손가락을 아주 살짝 베었던 일이 떠올랐다. 그저께까지만 해도 손가락은 아팠었다.

'내가 지금 감각이 좀 둔해진 건가?'

그런 생각을 하면서 그레고르는 자기도 모르게 치즈를 게걸스럽게 쭉쭉 빨아먹었다. 다른 음식들보다도 치즈가 제일 먼저 강렬하게 당긴 것이다. 그는 치즈, 야채, 소스를 차례차례 허겁지겁 먹어치웠다. 내심 만족한 나머지, 눈물까지 주르륵 흘러내렸다. 그런데 금방 만들거나 신선한 음식은 맛이 없었다. 그런 음식은 냄새도 맡기 힘들어서 그는 먹고 싶은 음식을 조금 떨어진 곳으로 끌고 가서 먹었다.

그는 벌써 오래 전에 음식을 다 먹어 버리고는 그 자리에서 퍼진 모습으로 누워 있었다. 그 때 동생이 그에게 거기서 물러가라는 뜻으로 천천히 열쇠를 돌렸다. 이미 설핏 잠이 들었던 그는 그 소리를 듣는 순간, 기겁을 하고 소파 밑으로 다시 황급히 기어들어갔다. 동생은 방안에 아주 잠시 머물렀지만, 그는 소파 밑에 있는 게 여간 고역이 아니었다. 음식을 실컷 먹은 탓에 몸이 다소 둥글둥글해져서 그 좁은 곳에서는 숨도 쉬기 어려울 정도였다.

기도가 막혀 질식할 것만 같은 증상이 약하게 이는 가운데 그는 조금 튀어나온 두 눈으로 동생의 모습을 지켜보았다. 이런 사정을 알 리가 없는 동생은 남은 음식을 비로 쓸어 모았다. 동생은 그레고르가 손 하나 대지 않은 음식도 싹싹 쓸어 모았다. 그 음식들은 더 이상 쓸모가 없다는 듯이. 동생은 쓸어 담은 음식을 몽땅 큼지막한 통에 휙 쏟아 버리고 나무 뚜껑을 덮더니 통을 들고 밖으로 나갔다. 동생이 몸을 돌리기가 무섭게 그레고르는 소파 밑에서 기어 나와 몸을 쭉 폈다. 그의 몸이 조금 부풀었다.

그레고르는 매일같이 그런 식으로 음식을 받았다. 부모님과 하녀가 아직 잠을 자고 있는 아침에 한 번 받고, 모두들 점심 식사가 끝나면 또 한 차례 받았다. 부모님은 점심 식사가 끝나면 잠깐씩 낮잠을 자고, 하녀는 동생이 무언가를 사 오라고 밖으로 내보냈기 때문이다. 물론 부모님도 그레고르가 굶어 죽는 것은 바라지 않았다. 하지만 그들은 그레고르가 음식을 먹는 것에 대해 동생에게서 전해 듣는 것으로 충분했다. 그 이상은 견딜 수 없었을 것이다. 동생은 십중팔구 부모님에게 되도록이면 걱정거리를 덜 주고 싶었을 것이다. 실제로 부모님은 충분히 괴로워했기 때문이다.

가족들이 그 첫째 날 오전에 의사와 철물공을 도대체 뭐라고 핑계를 대며 집밖으로 내보냈는지 그레고르는 알 길이 없었다. 왜냐하면 사람들은 그레고르가 하는 말을 도통 알아듣지 못했고, 아무도, 심지어 동생까지도 그가 다른 사람들이 하는 말을 이해할 수 있을 것이라고 생각하지 않았기 때문이다. 그래서 그는 동생이 그의 방에 있을 때면, 동생이 이따금씩 한숨을 내쉰다거나 성자들을 불러 간절히 부탁의 말을 하는 걸 그냥 잠자코 듣는 것으로 만족하지 않으면 안 되었다.

얼마 뒤, 동생이 그 모든 것에 다소 익숙해졌을 때 – 완전하게 적응이 된다는 것은 도대체가 말도 안 되는 일이었다 – 비로소 그레고르는 때때로 동생의 마음속에서 따뜻하게 우러나오는 말이나, 또는 그 비슷한 것으로 해석될 수 있는 말을 들을 수 있었다.

"오늘은 맛이 있었나 보네."

그레고르가 음식을 싹싹 먹어치우면 동생은 그렇게 말했다. 그 반대의 경우는 점점 더 많아졌는데, 그럴 때면 동생은 거의 슬픈 표정으로 이렇게 말하는 것이었다.

"하나도 안 먹고 또 다 남았네."

그레고르는 직접적으로는 아무 소식도 듣지 못했지만, 옆방에서 하는 얘기를 꽤 많이 엿들었다. 옆방에서 사람들 목소리가 들리기라도 하면, 그는 그 쪽 문으로 냉큼 달려가 문에 몸 전체를 바싹 댔다. 특히 처음에는 비밀스레 은밀히 말을 하더라도 어떤 식으로든지 대화 중에 그의 얘기가 나오지 않은 적은 한 번도 없었다.

이틀 동안 매번 식사 때마다 도대체 어떻게 처신을 해야 할지에 대해 상의하는 소리가 들렸다. 하지만 식사 시간 사이사이에도 이야기하는 주제는 한결같았다. 아무도 혼자 집에 있으려고 하지 않는 데다, 무슨 일이 있어도 집을 완전히 비울 수는 없는 터라, 집에는 언제나 적어도 두 사람이 있었기 때문이다.

하녀도 그 일이 일어났던 날 벌써—하녀가 그 사건에 대해 무엇을 알고 있으며, 안다면 또 얼마만큼 아는지는 확실하지 않았다—어머니에게 무릎을 꿇고 당장 일을 그만 두겠다고 애원을 했다. 15분 뒤에 작별 인사를 하면서 하녀는 자신을 해고시켜 준 게 이 집에서 그녀에게 베푼 가장 큰 자선인 것 마냥

연신 눈물을 흘리며 고마워했다. 그리고 누가 부탁하지도 않았
는데, 그녀는 사람들한테는 입도 벙긋하지 않겠다고 엄숙히 맹
세를 했다.

이제 동생은 어머니와 요리도 같이 해야 했다. 물론 그건 힘
이 드는 일은 아니었다. 식구들이 거의 음식을 먹지 않았기 때
문이다. 그레고르는 어떤 한 사람이 다른 사람에게 음식을 좀
먹으라고 권하는 소리를 몇 번이나 들었다. 그러나 그렇게 해도
아무 소용이 없었다. 대답 대신, 사람들은 이런 말만 했다.

"됐어. 먹을 만큼 먹었어."

아니면 그 비슷한 말을 했다. 식구들은 음료도 통 마시지 않
는 듯했다. 동생은 이따금씩 아버지에게 맥주를 마시겠느냐고
물으면서 맥주를 사오겠다고 진심어린 목소리로 말을 건넸다.
아버지가 아무 대꾸를 하지 않고 가만히 있으면, 동생은 아버지
가 선뜻 부탁할 수 있게 하려고 관리인의 아내에게 그 일을 심
부름시킬 수도 있다고 말을 했다. 하지만 아버지는 끝내 커다란
목소리로 이렇게 한 마디 했다.

"아니다."

그러면 맥주 이야기는 더 나오지 않았다.

사건이 터진 첫째 날, 아버지는 이미 어머니와 동생에게 총
재산 상태와 앞으로의 전망에 대해 설명해 주었다. 아버지는 가
끔씩 식탁에서 일어나 5년 전 사업이 실패했을 때 가까스로 건

52

져 낸 자신의 작은 비밀 돈궤에서 무슨 증서인지 장부인지 하는 것을 꺼냈다. 아버지가 복잡하게 생긴 자물쇠를 열고 찾고자 한 것을 꺼낸 다음, 다시 돈궤를 잠그는 소리가 들렸다.

아버지가 설명하는 것 중에서 어떤 것은 그레고르가 갇혀 살게 된 뒤로 처음 듣는 기분 좋은 말이었다. 아버지는 사업하다 남은 게 하나도 없다고 그는 생각하고 있었다. 적어도 아버지는 그에게 그 반대되는 이야기는 한 마디도 하지 않았었다. 그레고르 또한 아버지에게 그 일에 대해서는 물어보지도 않았었다.

당시 그레고르는 온 가족을 완전히 절망에 빠뜨린 사업상의 불운을 어떻게 하면 가족들이 한시라도 빨리 잊게 할 수 있을까, 하고 자나 깨나 노심초사했다. 그래서 그는 그 때 온갖 열성을 다해 일을 하기 시작했고, 거의 하룻밤 사이에 보잘것없는 일개 점원에서 영업 사원이 되었다. 영업 사원은 물론 점원과는 완전히 다른 방식으로 돈을 벌 수가 있었다. 그리고 일을 한 성과는 곧바로 중개비조의 현금으로 나왔다. 그레고르가 집으로 돌아와 식탁 위에 그 돈을 올려놓으면, 식구들은 눈이 휘둥그레지면서 무척이나 좋아했다.

그 때가 정말 좋은 시절이었다. 그 뒤로 그렇게 신나고 멋진 분위기는 그들에게 두 번 다시 되풀이되지 않았다. 그렇긴 해도 그레고르는 돈을 무척 많이 벌었다. 그래서 그는 식구 전체가 과도하게 지출을 해도 감당할 수 있었고, 실제로 그걸 모두 감당하기도 했다. 가족들이나 그레고르나 모두 으레 그러려니 했다. 가족들은 고마운 마음으로 돈을 받았고, 그는 기꺼이 돈을 벌어다 주었지만, 특별히 애틋한 마음 같은 건 더는 일지 않았다.

동생 한 사람만 여전히 그와 사이가 좋았다. 그레고르는 자신과 달리 음악을 몹시 사랑하고 감동적으로 바이올린을 켤 줄 아는 동생을 다음 해에 비용이 얼마가 들든 간에 음악학교에 보내려고 혼자 마음속으로 계획을 짜고 있었다. 비용은 어떻게 해서든 변통할 생각이었다.

그레고르가 집에 와 잠시 머물면서 동생과 대화를 할 때면 이따금씩 음악학교가 언급되곤 했다. 하지만 언제나 그건 실현이라고는 될 수 없는 아름다운 꿈같은 것으로 이야기되었다. 부모님은 이 철딱서니 없는 이야기를 무엇보다도 싫어했다. 하지만 그레고르는 동생을 음악학교에 보낼 생각이 확고했다. 성탄절 전야에 그 사실을 엄숙하게 밝힐 작정이었다.

몸을 똑바로 편 채 문에 딱 달라붙어서 잔뜩 귓바퀴를 세우고 있는 동안, 그의 머릿속에서는 그가 처한 현 상태에서는 정말 쓸모없는 그런 생각들이 오갔다. 때때로 그는 몸이 전반적으로 피곤해서 사람들이 하는 말을 더 이상 귀 기울여 듣지 못하고 실수로 머리가 문에 부딪히기도 했다. 하지만 곧바로 다시 고개를 꼿꼿이 쳐들었다. 왜냐하면 조그만 소리가 나도 옆방에서는 다 들려서 사람들이 모두 입을 다물어 버렸기 때문이다.

"또 무슨 짓을 하나 보다."

아버지가 잠시 뒤에 말했다. 문 쪽을 보고 말한 게 분명했다. 잠시 뒤 중단되었던 대화가 서서히 다시 이어졌다. 불행한 일이 수차례 일어났지만, 옛날 재산이 아직도 조금은 남아 있고, 그 돈에 붙은 이자에 손을 대지 않았던 터라 그 사이 이자가 약간 늘었다는 사실을 그레고르는 이제 충분히 알게 되었다. 아버지가 설명을 하면서 이따금씩 되풀이하곤 했기 때문이다. 그건 아버지 자신이 그런 일들을 다뤄 본 지가 오래 되었고, 또 어머니는 아버지가 설명하는 걸 매번 얼른얼른 알아듣지 못했기 때문이다.

또한 그레고르가 매달 집으로 가져온 돈도―그 자신은 몇 굴덴밖에 쓰지 않았다―몽땅 써 버린 게 아니고, 차곡차곡 모은 결과 자그마한 목돈이 되었다. 자기 방 문 뒤쪽에 있던 그레고르는 연신 고개를 주억거리며 뜻밖의 이러한 신중한 태도와 근검절약에 대해 기뻐했다. 그렇게 모아놓은 돈으로 사실 그는 아버지가 사장에게 진 빚을 더 갚을 수도 있었을 테고, 또 직장을 그만 둘 수 있는 날도 훨씬 더 빨리 올 수 있었을 것이다. 하지만 지금 와서 보면 아버지가 처리한 방식이 정말 훌륭했다는 건 의심할 여지가 없었다.

하지만 그 돈은 가족들이 이자만 받아서 살기에는 턱없이 부족한 돈이었다. 그 돈은 네 식구가 1년쯤, 아니 기껏해야 2년쯤 살 수 있을 돈이었다. 하지만 그 이상은 아니었다. 그러니까 그 돈은 건드리면 안 되는 돈이었고, 만일의 경우를 대비해 쓰지 않고 비상금으로 그대로 남겨 두어야 했다. 생계비는 별도로 벌지 않으면 안 되었다.

그런데 아버지는 건강하기는 하지만 노인인 데다가, 이미 일을 하지 않은 지가 자그마치 5년이나 되었고, 아무튼 별로 믿을 수가 없었다. 지난 5년이 아버지는 힘들었지만 이렇다 하게 성공하지는 못한 삶에서 처음으로 얻은 휴가였는데, 이 5년 동안에 아버지는 몸이 비대해지고 둔해졌다.

그러면 연로한 어머니가 돈을 벌어야 할까? 어머니는 천식을 앓아서 집안을 한 차례 돌아다니는 것도 힘들어하고, 이틀마다 한 번씩 호흡 곤란으로 창을 열어 놓고 소파에 앉아 있었다. 그러면 동생이 돈을 벌어야 할까? 동생은 나이가 열일곱 살이지만, 아직도 어린아이나 다름없었다. 그 아이는 옷을 예쁘게 차려 입고, 잠을 늘어지게 자고, 집안 살림을 거들고, 조촐하게 놀 수 있는 몇몇 곳에 참석하고, 바이올린을 켰다. 동생은 바이올린 켜는 걸 특히나 좋아했다. 그 아이가 지금껏 살아오면서 좋아했던 것들은 그런 것들이었다.

무슨 일이 있어도 꼭 돈을 벌어야 한다는 이야기가 나오면, 그레고르는 언제나 일단 문에서 몸을 떼고 문 옆에 있는 차가운

가죽소파에 몸을 내던졌다. 부끄럽고 슬퍼서 몸 전체가 화끈화끈 달아올랐기 때문이다.

그는 종종 소파에 누워 밤새도록 한 숨도 자지 않고 몇 시간 동안 소파의 가죽을 박박 긁어 댔다. 그렇지 않을 때는 안락의자를 힘겹게 창가로 밀고 간 다음, 창문 밑 벽으로 기어 올라가 안락의자에 몸을 받치고 창에 기댔다. 그럴 때면 그는 예전에 창밖을 내다보며 느꼈던 일종의 해방감을 어김없이 떠올렸다. 왜냐하면 실제로 하루하루 날이 갈수록 조금만 떨어져 있는 것들도 점점 더 흐릿하게 보였기 때문이다. 예전엔 하도 많이 봐서 정말 욕도 많이 퍼부었던 맞은편에 있는 병원도 이제는 보이지 않았다.

자신이 조용하기는 하지만 도시 냄새가 물씬 나는 샤를롯텐가에 살고 있다는 사실을 똑똑히 알고 있지만 않았다면, 아마 그는 자기 방 창가에서 잿빛 하늘과 잿빛 땅이 구분이 안 될 정도로 하나로 뒤섞여 있는 황무지를 보고 있다고 믿었을 것이다. 세심하고 눈썰미가 있는 동생은 방 청소를 할 때 안락의자가 창가에 있다는 걸 딱 두 번밖에 보지 않았는데도, 청소가 끝나면 그 때마다 번번이 안락의자를 창가로 밀어다 놓았다. 그리고 그 뒤로는 안쪽 여닫이 창문도 한 개 열어 두었다.

그레고르는 자기가 동생과 이야기를 나눌 수 있게 되어서 동생이 그를 위해 해 주지 않으면 안 되는 그 모든 것에 대해

고맙다고 말만 할 수 있다면, 동생이 수고하는 것을 보다 마음 편히 받아들일 수 있었을 것이다. 하지만 그렇지 않았기 때문에 그는 괴로웠다. 물론 동생은 그 모든 괴로움을 되도록이면 모두 털어 버리기 위해 애쓰고 있었는데, 시간이 지나면 지날수록 동생은 자연스레 그걸 점점 더 잘 해내고 있었다.

하지만 그레고르도 시간이 지나면서 모든 것을 훨씬 더 정확하게 꿰뚫어보게 되었다. 동생이 벌써 방안에 들어오기만 해도 그는 겁이 덜컥 나면서 무서웠다. 동생은 보통 때는 행여 누가 그레고르의 방을 볼까 봐 무척 신경을 쓰면서도, 그 방에 들어오면 방문들을 닫을 겨를도 없이 곧바로 창가로 가서 두 손으로 창문을 홱 열어 젖혔다. 마치 거의 질식할 것 같다는 듯이 말이다. 그러고는 날씨가 아주 추운 날도 창가에 잠시 서서 심호흡을 했다.

하루에 두 번씩 동생이 이렇게 휙휙 돌아다니고 소란을 떠느라 그레고르는 깜짝깜짝 놀랐다. 동생이 그렇게 하는 동안 그는 소파 밑에서 내내 부들부들 떨었다. 그는 동생이 만일 그가 있는 방에서 창문을 꼭 닫은 채 한 번이라도 있어 봤다면, 지금과 같은 짓은 절대로 하지 않을 것이라는 것을 잘 알고 있었다.

그레고르가 몸의 형태가 바뀐 지도 이미 한 달쯤 지나, 설사 동생이 그의 생김새를 본다 해도 그다지 놀랄 일도 없었을 즈음, 한 번은 동생이 여느 때보다 조금 일찍 왔다. 그래서 옴짝도 하지 않은 채 남들이 보면 기겁을 할 게 분명한 자세로 창밖을 내다보고 있는 그레고르와 그만 맞닥뜨리고 말았다.

그레고르가 창가에 있어서 동생이 곧바로 창을 열지 못할 게 뻔하기 때문에, 방안에 들어오지 않는다 해도, 그건 조금도 놀랄 만한 일이 아니었을 것이다. 하지만 동생은 방안에 들어오지 않은 것은 물론이요, 몸을 돌려 문을 닫아 버렸다. 내막을 모르는 사람들은 영락없이 그레고르가 숨어서 기다리고 있다가 동생을 물려고 했다고 생각했을 것이다.

물론 그레고르는 즉각 소파 밑으로 쏙 숨어 버렸다. 하지만 그는 동생이 올 때까지 줄곧 기다리지 않으면 안 되었다. 동생은 점심때 왔다. 동생은 보통 때보다 훨씬 더 불안해하는 것 같았다. 그런 모습을 보고 그는 동생이 자신을 바라보는 걸 여전히 못 견뎌 하며, 앞으로도 분명 그럴 것이라는 사실을 깨닫게 되었다. 또한 자신이 소파 밑에 있을 때 몸이 조금만 소파 밖으로 나와 있는 걸 동생이 보더라도 기겁을 하지 않고 도망가지 않게 하려면 스스로 엄청 자제를 해야 할 것 같다는 점도 아울러 깨달았다.

어느 날 그는 동생에게 그런 꼴을 보이지 않게 하려고 등 위에 침대 시트를 올려놓은 다음—그 일을 하는데 무려 네 시간이나 걸렸다—소파 위쪽으로 가져가 자기 몸이 완전히 가려지게, 그리고 설령 동생이 몸을 구부려도 자신이 보이지 않게 잘

펴 놓았다.

동생은 이 시트가 필요하지 않다고 생각되면, 그걸 치워 버릴수 있었을 것이다. 그런 식으로 완전히 갇혀 있는 게 그레고르로서는 결코 기분 좋은 일이 아니라는 것은 분명한 사실이었기 때문이다. 하지만 동생은 시트를 치우지 않고 그냥 내버려 두었다.그레고르는 자신이 새로 취한 조치를 동생이 어떻게 생각하는지알아볼 셈으로 머리로 시트를 살짝 들어올렸다. 그는 동생이 고맙다는 표정이 담긴 눈빛을 하고 있다는 기분이 들었다.

처음 14일 동안 부모님은 그의 방에 들어올 엄두도 내지 못했다. 동생이 요즘 하는 일을 부모님이 전적으로 인정하는 소리를 그는 자주 들었다. 지금까지 부모님은 툭 하면 동생한테 화를 냈었다. 부모님 눈에는 동생이 조금은 쓸모없는 여자애로 보였기 때문이다.

하지만 이제 아버지와 어머니 두 사람은 동생이 그레고르 방을 청소해 주는 동안, 종종 그 방 앞에서 기다리고 서 있기도 했다. 동생은 방에서 나오기가 무섭게 방안이 어떻다든가, 그레고르가 무얼 먹었다든가, 이번엔 어떤 행동을 취했으며, 또 상태가 조금 좋아진 건지 어떤지를 미주알고주알 부모님에게 들려주어야 했다.

어머니는 비교적 빠른 시일 안에 그레고르에게 가 보고 싶어했다. 하지만 아버지와 동생은 그럴 듯한 이유를 이것저것 대며 일단은 어머니가 가지 못하게 말렸다. 그레고르는 아버지와 동생이 대는 이유를 매번 주의 깊게 들었는데, 모두 일리가 있어 보였다. 하지만 나중에는 그 두 사람은 어머니를 강압적으로 막아야 했다.

"그레고르한테 가게 해 줘. 그 애는 내 아들이야! 불쌍한 아이 같으니! 당신도 그렇고 너도 그렇고 내가 그 애한테 가야 한다는 걸 정말 모른단 말이야?"

어머니가 그렇게 소리를 지르면, 그레고르는 이런 생각이 들었다. 매일은 아니더라도 일 주일에 한 번 정도는 어머니가 방에 들어오시면 좋겠다, 하고 말이다. 모든 면에서 어머니가 동생보다 훨씬 더 이해를 잘 하신다. 동생은 용감하기는 해도 아직 아이나 마찬가지고, 그토록 어려운 일을 선뜻 떠맡은 것도 결국 어린아이처럼 단순하고 생각이 짧기 때문에 한 게 아닐까.

어머니를 보고 싶어하는 그레고르의 소망은 곧바로 이루어졌다. 그레고르는 부모님 생각을 해 낮 동안은 창가에 얼씬도 하지 않으려고 했다. 하지만 그는 몇 제곱미터밖에 되지 않는 방바닥을 기어다니는 것도 오래는 할 수 없었다. 이미 그는 밤에 가만히 누워 있는 것도 참기 어려웠고, 먹는 것도 이제는 시큰둥했다. 그래서 그는 기분도 풀 겸 벽이며 천장을 이리저리 기어다니는 습관이 생겼다. 특히 천장에 매달려 있는 게 좋았다.

그건 방바닥에 누워 있는 것과는 전적으로 다른 것이었다. 숨 쉬는 것도 훨씬 편했다. 발끝에서 머리끝까지 몸 전체가 살짝 부르르 흔들리며 움찔움찔 움직였다. 그러면 그는 행복에 겨운 나머지 거의 생각을 놓고 있다가 그만 몸이 천장에서 뚝 떨어져 방바닥에 철썩 하고 떨어지기도 했다. 그레고르 스스로도 화들짝 놀라고 말았다. 그런데 이제는 예전과는 정말 딴판으로 몸을 자유자재로 다룰 수 있는 탓에 그렇게 높은 데서 떨어져도 다치지 않았다.

동생은 그레고르가 스스로를 위해 생각해 낸 새로운 오락거리를 단박에 알아채고는 ─ 그는 기어다니면서 곳곳에 끈끈한 액체를 흔적으로 남겼던 것이다 ─ 그레고르가 자유롭게 기어다니라고 방해가 될 만한 가구들, 특히 궤짝과 책상을 치울 생각을 했다. 하지만 그건 동생 혼자서는 할 수 없는 일이었다. 동생은 아버지한테는 감히 도와 달라는 말도 하지 못했다. 하녀도 동생을 도와 주지 않을 게 뻔했다. 왜냐하면 열여섯 살쯤 된 이 여자아이는 먼저 있었던 요리사가 일을 그만둔 뒤로 꿋꿋하게 잘 버티고 있기는 했지만, 부엌문을 계속 잠가 놓고 그 집 식구들이 특별히 열어 달라고 할 때만 열어 줄 테니 제발 그렇게 할 수 있게 특별히 봐 달라고 사정을 했기 때문이다.

그래서 동생은 아버지가 안 계시는 틈을 타서 어머니를 불러 오는 도리밖에 없었다. 어머니는 너무 기뻐 흥분한 나머지 소리를 지르면서 동생을 따라나섰다. 하지만 그레고르의 방 앞에 오자, 갑자기 입을 꾹 다물어 버렸다. 물론 동생은 제일 먼저 방안에 아무 이상이 없는지를 살펴보았다. 그러고 난 뒤 비로소 어머니를 방에 들어가게 했다. 그레고르는 얼른 시트를 자기 몸 위로 한층 더 쑥 잡아당기고, 시트에 주름이 많이 잡히게 했다. 그렇게 하자, 그 전반적인 모습은 누가 꼭 소파 위에 시트를 우연히 휙 던져 버린 것같이 보였다.

이번에도 그레고르는 시트 밑에서 슬쩍 동정을 살피는 일은 하지 않았다. 그는 이번 기회에 어머니를 보겠다는 마음을 접었다. 어머니가 자기 방에 오신 것만으로도 기뻤다.

"이리 와요. 오빠 안 보여요."

동생이 말했다. 동생은 분명 어머니 손을 잡아끌었을 것이다. 그 두 연약한 여자가 무겁기 짝이 없는 그 오래된 궤짝을 원래 있던 자리에서 다른 곳으로 미는 소리가 들렸다. 일은 동생이 거의 혼자서 다 하는 듯했다. 어머니는 동생이 무리를 할까 봐 잔뜩 겁이 나서 주의를 주었지만, 동생은 아랑곳하지 않는 눈치였다.

그 일은 시간이 아주 오래 걸렸다. 동생이 애를 쓴 지 한 15분쯤 뒤에 어머니는 궤짝은 원래 있던 자리에 그냥 두는 게 낫겠다고 말했다. 우선 첫 번째 이유는 궤짝이 너무 무거워서 아버지가 돌아오시기 전에 다 옮기지 못할 테고, 또 그게 방 한가운데 떡 버티고 있으면, 길이 모두 막혀 그레고르가 돌아다니지 못할 것이며, 두 번째 이유는 가구를 치워 버리면 과연 그레고르가 좋아할지 어쩔지 도통 확신이 서지 않는다는 것이었다.

어머니는 궤짝을 치우지 않고 그대로 제자리에 두는 것이 낫겠다고 했다. 휑하게 텅 빈 벽을 바라보고 있자니 자신도 답답해 죽겠는데, 그레고르가 왜 그런 기분이 안 들겠냐는 것이었다. 더군다나 그레고르는 자기 방에 있는 가구에 오랫동안 정도 들었을 테고, 정이 든 만큼 아무것도 없이 텅 빈 방에 있으면 얼마나 적적하겠냐는 것이었다.

"그런데 말이야, 혹시……"

어머니는 아주 작은 목소리로 하던 말을 마저 끝내려고 했다. 어머니는 거의 속삭이다시피 했다. 어머니는 그레고르가 정확히 어디 있는지 알지 못했는데, 자기 목소리의 울림조차도 그레고르가 듣지 못하게 하려는 듯했다. 어머니는 그가 사람들이 하는 말을 알아듣지 못할 거라고 확신하고 있었기 때문이다.

"그런데 말이야, 혹시 우리가 가구를 치워 버리면, 그 애의 병세가 차차 좋아질 거라는 희망을 우리가 모두 버리고, 인정머리라고는 하나도 없이 그 애가 혼자 알아서 하게 그냥 내버려 둔다는 뜻으로 보이지 않을까? 그레고르가 다시 우리한테 돌아온다면, 모든 게 예전 그대로라는 걸 알아채고, 그래서 그 동안에 있었던 일을 그만큼 더 빨리 잊어버릴 수 있게 방을 그냥 두는 게 제일 좋을 것 같아."

어머니가 이렇게 말하는 것을 듣자, 그레고르는 이 두 달 동안 식구들과 얼굴을 맞대고 인간적인 대화를 통 나누지 않고 살았을 뿐만 아니라, 집안에서 식구들이 단조롭게 생활하는 점까지 합쳐져 자기 머리가 혼미해진 게 확실하다는 사실을 깨달았다. 왜냐하면 그는 자기 방에 있는 물건들을 모두 치워 주었으면, 하고 마음속 깊이 바라고 있었다는 사실을 스스로에게 달리 설명할 방법이 없었기 때문이다. 정말 그는 상속 받은 가구들로 아늑하게 꾸며진 데다 따스하기도 한 자기 방을 사람들이 동굴 같은 걸로 바꾸어 놓는 걸 혹시라도 바란 것일까?

만일 그런 동굴이 생긴다면 그는 물론 그 안에서 아무런 방해를 받지 않고 어느 쪽으로든 자유자재로 기어다닐 수 있을 것이다. 하지만 그와 동시에 자신이 인간으로 살아왔던 과거를 한시 바삐 몽땅 잊어버려야 할 것이다. 하지만 이제 그는 그런 것을 벌써 거의 잊어가고 있었다. 그런데 정말 오랜만에 어머니 목소리를 듣고 정신이 번쩍 났다. 아무것도 없애 버리면 안 된다. 모든 게 그대로 있어야 한다. 가구는 그의 현 상태에 좋은 방향으로 작용하고 있는데, 그는 그런 게 꼭 필요했다. 가구 때문에 이렇다 할 의미 없이 이리저리 기어다니지 못한다 해도, 그건 손해를 보는 게 아니라 외려 크게 득이 되는 것이다.

하지만 유감스럽게도 동생은 생각이 달랐다. 동생은 부모님과 그레고르의 일에 대해 의논을 할 때면, 마치 대단한 전문가라도 된 것 마냥 부모님에게 맞서는 버릇이 어느새 붙어 버렸다. 물론 그건 완전히 터무니없는 일이라고 볼 수도 없었다. 이번에도 어머니가 한 충고는 동생에게 어깃장을 놓게 할 빌미를 제공했다. 동생은 처음엔 궤짝과 책상만 치우자고 주장했다가, 그레고르에게 없어서는 안 되는 소파 한 개만 빼고 방에 있는 나머지 가구는 하나도 빼지 않고 몽땅 치워 버려야 한다고 박박 우겼다.

동생이 그렇게 고집을 피우는 건 물론 어린애들에게서나 볼 수 있는 반항심이나 근래 들어 정말 예기치 않게, 그리고 어렵사리 얻게 된 자신감 때문만은 아니었다. 물론 그런 자신감이 생겨 동생이 그렇게 요구한 것이기는 했다. 실제로 동생은 그레고르가 기어다니는 데 공간이 많이 필요하기는 하지만, 그레고르가 가구를 하나도 사용하지 않는다는 사실도 나름 알아차린 것이다.

하지만 그 또래 여자아이들은 무슨 일이건 열심히 참견을 해야 직성이 풀리는데, 아마도 그런 점이 한몫 했을 것이다. 그레테 역시 그런 성향 때문에 이제는 그레고르가 처한 상황을 한층 더 섬뜩하게 만들고 싶어하고, 그런 다음엔 지금보다 그레고르를 위해서 한층 더 많은 일을 해 주고 싶은 마음이 꼬물꼬물 일어난 것이다. 그레고르가 아무것도 없이 텅텅 빈 네 벽을 완전히 혼자서 누비고 다니는 방에는 그레테 말고는 그 누구도 감히 들어갈 엄두가 나지 않을 것이기 때문이다. 동생은 어머니가 그렇게 말해도 자신이 결심한 바를 바꾸지 않았다. 어머니는 그 방에서 너무나도 불안한 나머지 안절부절못하는 것 같았다.

하지만 어머니는 곧 입을 다물고는 동생이 궤짝을 방 밖으로 끌어내는 일을 힘껏 거들었다. 그런데 그레고르는 부득이한 경우 궤짝은 없어도 그만이었지만, 책상은 그대로 방에 있어야 했다. 두 여성이 끙끙거리며 궤짝에 몸을 바싹 댄 채 몸으로 밀다시피 해서 궤짝을 밖으로 끌고 나가기가 무섭게, 그레고르는 소파 밑에서 고개를 불쑥 내밀었다. 과연 어떻게 하면 조심스럽게, 또 최대한 두 사람을 배려해 가면서 그들이 하는 일에 개입할 수 있을까, 알아볼 셈이었다.

하지만 불행히도 두 사람 중 먼저 돌아온 사람은 어머니였다. 그레테는 옆방에서 궤짝을 끌어안고 혼자서 이리저리 흔들흔들 움직이고 있었다. 물론 궤짝은 옴짝도 하지 않았다. 하지만 어머니는 그레고르의 모습을 본 적이 없었기 때문에, 그레고르를 본다면 겉으로 드러나지는 않아도 서서히 건강이 파괴될 수도 있었다. 그래서 소파 밑에 있던 그는 화들짝 놀라 뒷걸음질을 쳐서 소파의 다른 쪽 끝으로 황급히 갔다. 하지만 시트 앞쪽이 조금 들썩이는 건 막을 방법이 없었다. 그것만으로도 어머니의 주의는 충분히 끌었다. 어머니는 그 자리에서 멈칫했다. 한순간 가만히 있다가 어머니는 그레테가 있는 옆방으로 가 버렸다.

이런 일들이 일어났지만, 그레고르는 특별한 일이 일어난 게 아니고 그저 가구 몇 개만 다른 곳으로 옮긴 것일 뿐이라고 계속 웅얼거렸다. 하지만 그래도 여자들이 왔다갔다 하는 것이나 그 두 사람이 작은 목소리로 서로를 부르는 소리, 또 가구가 방 바닥에 질질 끌리는 소리는 뭔가 이루 말할 수 없이 마구 뒤죽박죽이 되어 혼란스러운 어떤 것들이 우르르 밀려오는 것같이 느껴졌다. 그레고르는 즉각 그 점을 스스로 시인하지 않을 수가 없었다. 그는 머리와 다리를 잔뜩 옴츠리고 몸을 방바닥에 납작 붙이고 있었건만, 이 모든 것을 더는 참지 못하겠다는 말을 그만 자기도 모르게 하고 말았다.

그들은 그의 방에 있는 걸 모두 치워 버리고 있었다. 그가 좋아하던 것을 모두 빼앗아 가고 있었던 것이다. 실톱과 다른 연장들이 들어 있던 궤짝은 이미 내어 간 뒤고, 이제 그들은 방바닥에 단단히 고정시켜 놓은 책상을 들어내려고 애를 쓰고 있었다. 그 책상은 그가 상과대학을 다닐 때 숙제를 하던 책상이었다. 시립 중등 학교를 다닐 때도 거기서 숙제를 했고, 초등 학교를 다닐 때도 거기서 숙제를 했었다.

상황이 상황이니만큼 이제 그는 그 두 여성이 마음속에 품고 있는 좋은 의도를 고려해 볼 틈이 정말 없었다. 그는 그들이 거기 있다는 사실도 거의 잊어버렸다. 그들은 이미 지칠 대로 지친 탓에 말 한 마디 없이 묵묵히 일만 하고 있었으며, 느릿느릿 무겁게 발을 질질 끄는 소리만 났기 때문이다.

그는 소파 밑에서 불쑥 기어 나와 – 여자들은 마침 옆방에서 잠시 숨을 돌릴 생각으로 책상에 기대어 서 있었다 – 네 번이나 내달리는 방향을 바꾸었다. 그는 그들이 가져가지 못하게 제일 먼저 어떤 걸 챙겨야 할지 정말 알 수가 없었다. 그 때 이미 휑하니 비어 버린 한 벽에 온몸을 모피로 감싸고 있는 여자 사진이 걸려 있는 게 눈에 들어왔다. 그는 재빨리 액자 위로 기어가서 자기 몸으로 액자의 유리를 꽉 눌렀다. 유리에 몸이 찰싹 달라붙었다. 뜨끈뜨끈한 배에 유리가 닿자, 기분이 좋았다.

그레고르가 지금 몸으로 완전히 뒤덮고 있는 이 사진은 적어도 그 누구도 가져가지 않을 것이다. 확실히 그럴 것이다. 그는 거실 문 쪽으로 고개를 돌렸다. 여자들이 다시 오는지 살펴보기 위해서였다. 그들은 별로 오래 쉬지 않고 이내 돌아왔다. 그레테는 한 팔로 어머니를 껴안고 거의 부축하다시피하며 모시고 왔다.

"자, 이젠 뭘 치울까요?"

그레테는 그렇게 말한 뒤, 주위를 휘 둘러보았다. 그 때 그레테의 시선은 벽에 딱 달라붙어 있는 그레고르의 시선과 딱 마주쳤다. 어머니가 곁에 계신 탓인지 그레테는 당황하지 않고 마음을 추스르며 어머니가 주위를 돌아보지 못하게 하려고 어머니 쪽으로 얼굴을 숙였다. 동생은 물론 와들와들 떨고 있었다. 동생은 아무 생각 없이 불쑥 이렇게 말했다.

"있잖아, 엄마, 우리 잠깐만 거실에 가 있는 게 안 나을까?"

그레테가 왜 그런 말을 하는지 그레고르는 잘 알고 있었다. 동생은 어머니를 안전한 곳에 모셔 놓은 뒤, 그레고르를 벽에서 내려오게 할 속셈이었던 것이다. 좋아, 어디 한 번 해 보시라지! 그는 사진 위에 턱 하니 눌러앉았다. 그는 그걸 내줄 생각이 없었다. 사진을 빼앗기느니 그레테의 얼굴에 휙 뛰어내릴 참이었다.

하지만 그레테가 그런 말을 하자, 어머니는 정말 불안해졌다. 어머니는 옆으로 비켜서서 꽃무늬 벽지에 엄청나게 큰 갈색 얼룩이 진 것을 보고는 자신이 본 게 그레고르란 사실을 미처 깨닫지도 못한 채 쉰 소리로 빽 소리를 질렀다.

"어머 세상에, 어쩜 이런 일이!"

어머니는 모든 것을 포기한다는 듯이 두 팔을 좍 벌린 채 소파 위에 쓰러졌다. 어머니는 꼼짝도 하지 않았다.

"아니, 오빠!"

동생이 주먹을 치켜들고 뚫어져라 쏘아보면서 외쳤다. 그건 그레고르가 변신을 한 뒤로 동생이 그에게 처음으로 직접 한 말이었다. 동생은 기절한 어머니를 깨우려고 아무 각성제라도 가져올 생각으로 옆방으로 달려갔다. 그레고르도 동생을 돕고 싶었다. 사진을 챙길 시간은 아직 있었다. 동생을 돕고는 싶었지만, 그레고르는 액자에 딱 달라붙어 있었던 터라 거기서 몸을 떼려면 한 차례 힘을 주어야 했다. 그런 다음 그는 옆방으로 갔다. 이전처럼 동생에게 어떤 식으로든 충고를 해 줄 수 있다는 듯이.

하지만 그는 아무것도 해 주지 못하고 동생 뒤쪽에 우두커니 있을 수밖에 없었다. 동생은 여러 가지 자그마한 병들을 뒤지다가 몸을 돌려 뒤를 돌아보고는 또다시 기겁을 했다. 병 한 개가 방바닥에 떨어져 박살이 났다. 유리 조각 한 개가 그레고르 얼굴에 상처를 냈다. 그리고 일종의 부식제가 그레고르 주위로 주르르 흘렀다.

그레테는 잠시도 지체하지 않고 그 작은 병들을 손에 들 수 있는 만큼 잔뜩 들고 어머니가 있는 곳으로 달려갔다. 동생은 발로 문을 쾅 닫아 버렸다. 그레고르는 자기 때문에 거의 죽어가고 있을 지도 모르는 어머니와 격리된 것이다. 어머니 곁에 있어야 하는 동생을 쫓고 싶지 않으면, 그는 문을 열어서는 안 되었다. 그는 기다리는 수밖에 없었다. 자책도 되고 걱정도 되어 괴로워하다 그는 기어다니기 시작했다. 벽이고 가구고 천장이고 마구 기어다니다가 방 전체가 그 주위로 빙글빙글 돌기 시작하자, 그는 절망한 나머지 끝내는 커다란 책상 한가운데로 뚝 떨어지고 말았다.

잠시 시간이 흘렀다. 그레고르는 기진맥진한 채 누워 있었다. 주위는 고요했다. 아마도 그건 좋은 징조인 것 같았다. 그때 초인종이 울렸다. 물론 하녀는 부엌에 틀어박혀 있는 탓에 그레테가 문을 열어 주러 가지 않으면 안 되었다. 아버지가 온 것이다.

"무슨 일이야?"

아버지의 첫 마디였다. 아버지는 그레테의 표정을 보고 모든 것을 알아차린 모양이었다. 그레테는 불분명한 목소리로 대답을 했다. 동생은 아버지의 품에 얼굴을 파묻은 게 확실했다.

"어머니가 기절하셨어요. 하지만 지금은 좋아지셨어요. 오빠가 방 밖으로 갑자기 뛰쳐나왔어요."

"그럴 줄 알았어. 내가 엄마랑 너한테 계속 말했잖아. 하지만 엄마나 너나 콧방귀도 안 뀌었지. 여자들이란 참."

아버지가 말했다. 아버지는 그레테가 아주 간단하게 보고한 걸 듣고 나쁜 쪽으로 해석을 하고는 그가 무슨 폭력 행위라도 가한 것이라고 어림짐작하는 게 분명하다는 걸 그레고르는 잘 알 수 있었다. 따라서 그는 아버지를 어떻게든 달래 드려야 했다. 아버지한테 지금 상황을 일일이 설명해 줄 시간도 없었고, 또 설명해 줄 방법도 없었기 때문이다.

그는 자기 방 문 앞으로 도망을 가서 문에 몸을 딱 붙였다.

아버지가 현관 쪽에서 거실로 들어올 때, 자신이 곧바로 자기 방으로 돌아갈 맘이 정말 있으니, 그를 방안에 몰아넣을 필요는 조금도 없고 문만 열어 주면 되며, 그렇게 하면 곧바로 그가 사라질 것이라는 것을 한 눈에 알아 볼 수 있게 하기 위해서였다. 하지만 아버지는 그런 섬세한 마음을 알아차릴 기분이 아니었다.

"아!"

아버지는 집안에 들어서기가 무섭게 외마디를 질렀다. 화도 나고 기쁘기도 하다는 듯한 어조였다. 그레고르는 방문에 딱 붙이고 있던 머리를 들어 아버지 쪽을 올려다보았다. 아버지는 서 있었는데, 그레고르는 그런 모습은 한 번도 상상해 본 적이 없었다. 물론 그레고르는 요즘 들어 새로운 방식으로 이리저리 기어다니는 통에 집안에서 일어나는 여러 가지 일들에 예전만큼 신경을 쓰지 못했다. 사실 그는 변화된 몇 가지 상황에 어떻게 임할지 마음의 준비를 하고 있어야 했을 것이다.

아니, 설사 그렇다 하더라도 저 사람이 과연 아버지란 말인가? 전에 그레고르가 출장을 가려고 가만히 집을 나서려고 할 때면, 피곤에 지쳐 죽은 듯이 침대에 누워 있었던 바로 그 남자란 말인가? 또 그레고르가 저녁에 집에 돌아오면 가운 차림으로 팔걸이의자에 앉아 맞아 주던 바로 그 사람, 그리고 일어날 힘도 없어서 반갑다는 표시로 두 팔만 들었던 그 사람이란 말인가? 또한 아주 드문 일이지만 1년에 몇 차례 일요일이나 최고의 축제일에 함께 산책을 갈 때면, 그렇지 않아도 어슬렁어슬렁 천천히 걷는 그레고르와 어머니 사이에서 낡은 외투로 몸을 감싼 채 늘 조심조심 지팡이를 짚으며 그 두 사람보다 한층 더 느릿느릿 발걸음을 내딛던 그 사람이고, 무슨 말을 하려 할 때면 거의 언제나 발걸음을 멈추고는 같이 가던 사람들을 자기 곁으로 오라고 불러 댔던 그 사람이란 말인가?

하지만 지금 그는 아주 꼿꼿하게 서 있었다. 은행 사환처럼 금단추가 달린 빳빳한 푸른색 제복을 입고 있었는데, 웃옷의 높고 빳빳한 깃 위로는 그의 튼튼한 이중 턱이 툭 튀어나와 있었으며, 숱 많은 눈썹 밑에 있는 검은 두 눈에서는 긴장을 늦추지 않고 정신을 바짝 차리고 있는 눈빛이 뿜어져 나오고 있었다. 보통 때는 마구 엉클어져 있던 흰 머리도 아주 반듯하게 가르마를 내 차분하게 빗질을 한 상태였다. 머리칼은 반짝반짝 윤도 났다. 아버지는 금실로 머리글자가 새겨진—어느 은행의 이름인 듯했다—차양 달린 자기 모자를 냅다 집어던졌다. 모자는 포물선을 그리며 거실 끝 쪽까지 휙 날아가 소파 위로 날아갔다. 아버지는 기다란 제복 웃옷의 끝자락을 뒤로 젖히고 두 손을 바지 주머니에 찔러 넣고 잔뜩 얼굴을 찌푸린 채 그레고르에게 다가왔다.

아버지는 자신이 무얼 하려는지 스스로도 알지 못하는 눈치였다. 하지만 어쨌거나 그는 발을 유난히 높이 쳐들면서 한 걸음, 한 걸음, 발을 옮겼다. 그레고르는 아버지가 신고 있는 장화창이 무지무지하게 크다는 사실에 놀랐다. 하지만 그는 아랑곳하지 않았다. 그는 자신에게 새로운 삶이 시작된 첫날부터 아버지가 자신에게는 매우 엄격하게 대할 필요가 있다고 생각한다는 것을 알고 있었다. 그래서 그는 아버지 앞에서 달아났다가 아버지가 멈추어 서면 자기도 멈추고, 아버지가 움직이면 자기도 다시 앞쪽으로 재빨리 갔다. 그런 식으로 그들은 방을 몇 차례 돌았다.

하지만 이렇다 하게 심각한 일이 일어나지는 않았다. 그 모든 일이 느릿느릿 일어났기 때문에, 한 쪽이 다른 한 쪽을 추적한다는 낌새도 보이지 않았다. 그래서 그레고르도 잠시 거실 바닥에 그대로 있었다. 특히 그는 자신이 벽이나 천장으로 도망을 치면, 아버지가 그러한 행동을 특별히 악의에 찬 행동으로 볼까 봐 겁이 났다. 그레고르는 이렇게 계속 도망치는 짓도 오래 하지는 못할 것이라는 말이 입에서 절로 나왔다. 왜냐하면 아버지가 한 걸음씩 내디딜 때마다 그는 수없이 많이 움직여야 했기 때문이다. 벌써부터 숨이 가빠지는 게 확연히 느껴졌다. 예전에도 그는 폐가 그다지 좋은 편은 아니었다.

그레고르는 내달리기 위해 전력을 다했다. 하지만 몸이 따라주지 않아 비틀비틀 가고 있었다. 그 때―그는 눈도 제대로 뜨지 못한 상태였다. 그는 무감각해진 탓에 자신이 가고 있다는 사실 이외에 자신이 살아남을 수 있는 방법 같은 건 눈곱만큼도 떠오르지 않았다. 네 벽이 모두 비어 있다는 사실을 그는 이미 거의 잊고 있었다. 물론 벽은 가구에 막혀 있기는 했지만 말이다. 그 가구들은 공들여 조각한 것으로 모서리도 무척 많고 뾰족한 곳도 엄청 많았다 – 바로 그 옆으로 무엇인가가 휙 날아오더니 그 앞쪽으로 데굴데굴 굴러왔다. 그건 사과였다. 두 번째 사과가 곧바로 또 날아왔다. 그레고르는 놀라서 멈칫했다. 계속 도망쳐 봐야 소용없는 일이었다. 아버지가 그에게 폭격을 가하기로 맘을 먹었기 때문이다. 그는 식탁 위에 있는 과일 대접에서 사과를 집어 양쪽 주머니에 잔뜩 넣은 다음, 제대로 목표를 겨냥하지도 않은 채 마구 집어던졌다.

이 작은 빨간 사과들은 전기로 가는 것처럼 거실 바닥을 이리저리 데굴데굴 굴러다녔고, 그러다가 서로 부딪히기도 했다. 힘을 많이 주지 않고 그냥 슬쩍 던진 사과 한 개가 그레고르의 등을 살짝 스쳤다. 상처는 내지 않고 그대로 바닥에 떨어졌다. 하지만 그 뒤에 곧바로 날아온 사과는 보란 듯이 그레고르의 등을 뚫고 쑥 들어갔다.

그레고르는 있는 힘을 다해 계속 기어가려고 했다. 행여 다른 곳으로 자리를 좀 옮기면 이 급작스럽고 엄청난 고통이 사라지기라도 할 것처럼. 하지만 그는 몸이 못에 단단히 박힌 듯한 기분이 들었고, 감각이란 감각은 모두 완전히 희미해지면서 그자리에서 그만 쭉 뻗고 말았다. 그가 마지막으로 본 것은 자기 방문이 홱 열리고, 동생은 고함을 지르고 있는데 어머니가 내복 바람으로 그의 앞쪽으로 황급히 달려오는 모습이었다. 어머니가 실신을 했을 때, 숨을 제대로 쉴 수 있게 하기 위해서 동생이 옷을 벗겨 드렸기 때문이다. 어머니는 아버지에게 달려갔는데, 달려가는 도중에 허리를 풀어 놓은 치마가 하나 둘 바닥에 흘러내렸다.

어머니는 치마에 발이 걸려 비틀거리면서도 아버지에게 와락 달려들었다. 그리고 아버지를 끌어안았다. 이 모든 것을 그레고르는 계속 지켜보고 있었다. 어머니는 아버지와 완전히 한몸이 된 채ㅡ그 때 그레고르의 눈은 이미 시력을 잃은 상태였다ㅡ양손으로 아버지의 목덜미를 잡고는 제발 그레고르의 목숨만은 살려 주라고 통 사정을 했다.

Ⅲ

한 달이 넘도록 그레고르에게 고통을 주었던 심한 상처는ㅡ아무도 사과를 빼낼 엄두를 내지 않았기 때문에, 사과는 마치

기념품처럼 그의 살 속에 버젓이 박혀 있었다 – 심지어 아버지한테도 그레고르는 비록 현재는 슬프고 혐오스러운 모습을 하고 있어도 한 식구이며, 무릇 한 식구라면 원수같이 취급하면 안 된다는 사실을 일깨워 주는 듯 했다. 또한 혐오스러운 마음이 일어나도 일단 억누르고 꾹 참는 것만이 가족으로서 마땅히 지켜야 할 계명, 즉 의무의 계명이라는 사실도 아울러 깨닫게 해 준 것 같았다.

그 상처 때문에 그레고르는 만의 하나, 영원히 움직일 수 없게 되어 버렸을 지도 모른다. 지금으로서는 자기 방을 가로질러 가는데도 늙은 상이군인처럼 시간이 하염없이 오래 걸렸는데 – 높은 데로 기어 올라가는 건 이제는 생각도 할 수 없는 일이었다 – 그는 자신의 상태가 나빠진 데 대해, 완전한 보상을 받았다는 생각이 들었다. 그 보상이란 것은 이런 것이었다.

저녁이 되기 전 그레고르는 이미 한두 시간 동안 거실 문을 뚫어져라 관찰하곤 했다. 저녁이면 언제나 거실 문이 열렸다. 그러면 그는 어두컴컴한 자기 방에 누워서 거실에서는 자신의 모습이 보이지 않게 한 채 가족들이 불을 켠 식탁에 둘러 앉아 있는 모습을 직접 두 눈으로 보고, 그들이 하는 말도 귀를 쫑긋 세우고 들을 수 있었던 것이다. 말하자면 가족의 허락을 받은 것이다. 예전과는 180도 달라진 것이라 할 수 있었다.

물론 그건 예전에 그레고르가 작은 호텔방에서 눅눅한 시트에 지친 몸을 던질 때면, 맘속으로 늘 조금은 그리워하던 그 화기애애한 대화는 더 이상은 아니었다. 지금은 대부분 아주 조용했다. 아버지는 저녁 식사가 끝나면 곧바로 자기 안락의자에서 잠이 들었다. 어머니와 동생은 서로 조용히 하라고 주의를 주었다.

어머니는 등불 밑에서 고개를 푹 숙이고 여성용 외투와 상의를 파는 상점에 갖다 줄 고급 내의를 바느질하고, 점원으로 취직한 동생은 저녁나절에는 속기 공부도 하고 프랑스어 공부도 했다. 혹시 나중에 더 나은 일자리를 찾을까 해서였다. 때때로 아버지는 잠에서 깨어나서는 자신이 잠이 들었다는 사실을 전혀 모른다는 듯이 어머니에게 이렇게 말했다.

"아니, 당신 오늘 바느질을 도대체 몇 시간을 하는 거요!"

그렇게 말한 뒤, 아버지는 곧바로 또 까무룩 잠이 들었다. 어머니와 동생은 피곤한 얼굴로 서로 마주 보고 빙긋 웃었다.

아버지는 집에서도 사환이 입는 제복을 벗으려고 하지 않았다. 일테면 고집을 부린 것이다. 아버지 가운은 하릴없이 옷걸이에 걸려 있고, 아버지는 옷을 다 입은 채로 자기 자리에서 꼬박꼬박 졸았다. 언제라도 자신은 맡은 일을 할 채비가 되어 있고, 또 집에서도 상관의 분부를 기다리고 있다는 듯이. 그런 탓에 처음 입을 때도 새 옷이 아니었던 제복은 어머니와 동생이 아무리 지극정성으로 손을 봐도 깨끗하지가 않았다. 그레고르는 종종 저녁 내내 온통 얼룩이 지고, 늘 반짝반짝 잘 닦아 놓은 금단추로 번쩍번쩍 빛이 나는 그 옷을 보았다. 그 옷을 입고 잠이 든 모습은 무척이나 불편해 보였는데도, 아버지는 곤히 잠을 잤다.

시계가 10시가 되었다고 종을 치면, 어머니는 곧바로 아버지를 가만히 깨우고 침대에 가서 자라고 살살 달랬다. 안락의자에서는 제대로 잠을 잘 수가 없으며, 아침 6시에 근무를 시작하는 아버지는 무슨 일이 있어도 잠은 제대로 자야 했기 때문이다. 하지만 아버지는 은행에서 사환이 된 뒤로 고집불통이 되어서 식탁에 좀 더 오래 있겠다고 번번이 우겨 댔다. 하지만 그는 어김없이 다시금 잠이 들어 버렸다. 그러면 아버지를 안락의자에서 침대로 옮기는 일이 여간 힘이 드는 게 아니었다. 어머니와 동생은 아버지한테 잠시 여러 말로 타이르면서 계속 아버지를 다그쳤다.

그래도 아버지는 15분쯤은 눈을 감은 채 고개를 천천히 절레절레 흔들면서 일어나지를 않았다. 어머니는 아버지의 옷소매를 잡아당기면서 아버지 귀에 대고 애교스런 말을 속삭이고, 동생은 공부하던 것도 제쳐 놓고 어머니를 거들었다. 하지만 아버지는 끄떡도 하지 않았다. 그는 안락의자에 더욱더 깊이 파묻혔다. 두 여자가 그의 겨드랑이를 잡아야 비로소 그는 겨우 눈을 뜨고, 어머니와 동생을 번갈아가며 바라보며 이렇게 말하곤 했다.

"사는 게 다 이런 거지 뭐. 이게 내 노년의 휴식인 게야."

그리고 그는 두 여자의 부축을 받으며 힘겹게 느릿느릿 자리에서 일어났다. 마치 자신의 몸이 스스로에게는 이 세상에서 가장 버거운 짐이라도 되는 듯했다. 아버지는 두 여자가 자신을 문 있는 데까지 데려가게 가만 내버려 두었다가 그들에게 그만 가라고 손짓을 하고는 혼자 걸어갔다. 그러면 어머니는 바느질감을, 동생은 펜을 급히 내던지고는 아버지 뒤를 쫓아가서 계속 거들어 주었다.

온 가족이 죽도록 일을 하고 지칠 대로 지쳐 버린 집에서 과연 누가 꼭 필요한 정도 이상으로 그레고르를 돌봐 줄 시간이 있겠는가? 살림 규모는 점점 더 축소되었다. 이젠 하녀도 내보냈다. 체구가 엄청 크고 뼈대가 굵고 흰 머리가 흩날리는 가정부가 매일 아침, 저녁으로 와서 집안에서 가장 힘든 일을 해 주었다.

어머니는 바느질일이 많으면서도 그 나머지 일들도 도맡아 했다. 전에 어머니와 동생이 즐거운 모임이나 축제에 갈 때, 한껏 신이 나서 몸에 치장을 하고 다녔던 여러 가지 장신구까지 – 대를 물려온 것들이었다 – 팔아 버리는 일도 일어났다. 그레고르는 저녁 때 식구들이 그런 물건들을 어떤 가격에 팔까, 하고 서로들 의논하는 것을 듣고 그러한 사실을 알게 되었다.

하지만 자나 깨나 가장 큰 걱정거리는 지금 형편으로서는 너무나도 큰 이 집을 떠나 다른 곳으로 이사를 갈 수가 없다는 사실이었다. 도대체 그레고르를 어떻게 운반해야 할지 도통 생각이 떠오르지 않았기 때문이다. 하지만 그레고르는 이사를 못 가는 이유가 자신을 꼭 배려해서라는 것은 아니라는 사실을 잘 알고 있었다. 왜냐하면 적당한 상자에 숨을 쉴 수 있는 구멍을 몇 개 내면 아무 문제 없이 그를 운반할 수 있을 것이기 때문이었다. 가족들이 선뜻 집을 바꿀 생각을 하지 못하는 이유는 그런 이유보다는 가족들이 완전히 절망을 했기 때문이고, 또한 친척이나 친지들에게서는 눈을 씻고 봐도 찾아볼 수 없는 불상사를 자신들이 당했다고 여겼기 때문이다.

가난한 사람들에게 세상이 요구하는 것을 그들은 힘닿는 데까지 모조리 다 했다. 아버지는 은행의 말단 직원들에게 아침 식사를 날라 주었고, 어머니는 얼굴도 모르는 사람들의 속옷가지를 만드느라 온힘을 다했고, 동생은 고객들이 지시하는 대로 판매대 뒤에서 이리저리 뛰어다녔다. 하지만 가족들은 이미 버텨 낼 힘이 없었다.

어머니와 동생은 아버지를 침대에 옮긴 다음에는, 거실로 되돌아와서 하던 일을 그대로 두고 뺨이 서로 맞닿을 정도로 가까이 앉았다. 그러면 어머니는 그레고르의 방을 가리키면서 동생에게 이렇게 말하는 것이었다.

"그레테, 저 방 문 좀 닫아라."

그렇게 해서 문이 닫히고 그레고르가 또다시 어둠 속에 있게 될 때면, 그는 등에 난 상처가 새삼스레 아파왔다. 문을 그렇게 닫고 나면 여자들은 거실에서 눈물을 훔칠 때도 있고, 눈물도 잊은 채 탁자만 뚫어져라 바라보기도 했다.

밤이건 낮이건 그레고르는 거의 뜬눈으로 보냈다. 그는 때때로 다음번에 누군가가 방문을 열면, 집안 문제며 가족들 문제를 예전처럼 다시 떠맡겠다는 생각을 했다. 정말 오랜만에 그의 머릿속에는 여러 사람들이 다시금 나타났다. 사장과 지배인, 점원들과 견습사원들, 답답하고 아둔하기 짝이 없는 사환, 다른 회사에 다니고 있는 친구 두어 명, 시골 어느 호텔의 하녀, 아름답지만 덧없는 어떤 추억, 어떤 모자 가게 카운터에 앉아 있던 여자 계산원이 ─ 그는 그녀에게 진지한 표정으로 청혼을 했었다. 그러나 너무 뜸을 들이다 그만 때를 놓쳐 버렸다 ─ 그의 머릿속에 떠오른 것이다.

그들은 너나할것없이 모두 낯선 사람들 또는 이미 그의 기억에서 사라져 버린 사람들과 뒤섞여 나타났다. 하지만 그들은 그와 그의 가족을 도와 주기는커녕 한결같이 만나볼 수도 없을 만큼 아득히 멀리 있었다. 그들이 머릿속에서 사라지자, 그는 한층 기분이 좋아졌다.

하지만 그렇게 되고 나면, 그는 가족을 돌봐야겠다는 마음이 또다시 싹 사라지고, 가족들이 자신을 제대로 돌봐 주지 않는 데 대해 불같이 화가 났다. 그러면서도 그는 자신이 도대체 어떤 음식을 잘 먹었는지 하나도 생각이 나지 않았다. 하지만 그는 배도 고프지 않으면서도 어떻게 하면 음식물 저장실에 가서 자신의 입맛에 맞는 음식을 먹을 수 있을까, 하고 이리저리 계획도 세웠다.

동생은 이제는 그레고르가 어떤 걸 특별히 좋아할지 궁리하지도 않고 아침과 점심 때 가게로 가기 전에 아무 음식이나 그레고르 방에 발로 쓱 밀어 넣어 주었다. 그리고 저녁에는 그레고르가 음식에 조금이라도 입을 댔건 안 댔건 - 대부분 그는 입도 대지 않았다 - 조금도 신경 쓰지 않은 채 빗자루로 한 번에 휙 쓸어 버렸다.

동생은 방 청소를 늘 저녁에 했었는데, 이제는 어찌나 후닥닥 해 버리는지 그보다 더 빨리 할 수는 없을 정도였다. 더러운 줄이 벽을 따라 곳곳에 그어져 있었고, 여기 저기 먼지와 오물이 범벅이 된 채 널려 있었다. 처음에 그레고르는 동생이 방에 들어오면 먼지며 오물이 유난히 많이 있는 구석에 가 있었다. 동생을 좀 나무랄 생각이었던 것이다.

하지만 그가 그렇게 방구석에 몇 주 동안 계속 있었다 해도 동생은 달라지지 않았을 것이다. 동생도 그와 마찬가지로 더러운 것을 보았지만, 그냥 내버려 두기로 맘먹은 것이다. 그러면서도 동생은 전에 없이 잔뜩 신경이 날카로워져서는 - 동생이 그러자, 나머지 식구들도 덩달아 모두 예민해졌다―그레고르의 방을 치우는 일을 다른 사람들이 하지 못하게 지켜보았다.

한 번은 어머니가 그레고르의 방을 대청소를 한 적이 있었다. 물을 몇 대야나 쓰고 나서야 청소는 끝났다. 방안이 온통 축축했다. 물론 그레고르는 마음이 상해 소파 위에 넙죽 누워 있었다. 불쾌한 나머지 그는 꼼짝도 하지 않았다. 하지만 어머니는 결국 벌을 받고 말았다.

저녁에 동생이 그레고르의 방이 달라졌다는 사실을 발견하고는 극도로 기분이 상해 곧바로 거실로 달려가서는 어머니가 두 손을 들고 애원을 하는데도 마치 경련이라도 난 듯이 울음을 터뜨린 것이다. 부모님은―아버지는 물론 안락의자에서 소스라치게 놀라며 고개를 쳐들고 바라보았다―처음엔 놀라서 동생이 격렬하게 우는 모습을 그저 멍하니 바라보기만 하다가 이내 그 자세에서 벗어나 몸을 움직이기 시작했다.

아버지는 자기 오른쪽에 있던 어머니에게는 그레고르의 방 청소를 동생에게 맡기지 않고 어머니가 했다고 꾸짖고, 왼쪽에 있던 동생에게는 두 번 다시 그 방 청소를 하지 말라고 버럭 고함을 질렀다. 어머니는 흥분한 나머지 어쩔 줄 몰라 하는 아버지를 강제로 침실로 데리고 가려고 했고, 동생은 꺼이꺼이 흐느껴 우느라 몸을 부들부들 떨면서 자그마한 두 주먹을 쥐고 식탁을 마구 내리쳤다.

그레고르는 집안 식구 중 그 어느 누구도 그가 그런 광경을 보지 않게, 또 그런 소음을 듣지 못하게 방문을 닫아 주지 않았다는 사실이 너무너무 화가 나서 큰 소리로 씻씻 소리를 냈다. 하지만 설사 동생이 직장일로 녹초가 된 탓에 예전처럼 그레고르를 돌봐 주는 일이 지긋지긋해졌다고 해도, 어머니가 동생 대신 그 일을 할 필요는 없었을 것이고, 그가 그 집에서 무관심의 대상이 될 이유 또한 없는 것 같았다. 이제는 가정부가 집에 오기 때문이었다. 이 나이 많은 과부는 그 긴 세월 동안 그 튼튼한 뼈대 덕분에 극도로 험난한 일도 이겨 낸 결과인지는 모르겠으나, 그레고르를 싫어하는 마음은 조금도 없었다.

그녀는 호기심 때문이 아니라, 무심코 그레고르의 방문을 열었다가 그만 그레고르를 보게 된 적이 있었다. 그레고르는 완전히 기겁을 하고는 누가 뒤에서 쫓지도 않았는데 마구 내달리기 시작했다. 가정부는 두 손을 앞으로 늘어뜨려 깍지를 낀 채 놀라서 그대로 서 있었다.

그 뒤로 그녀는 아침저녁으로 잠깐씩 문을 슬쩍 열고는 그레고르가 뭘 하고 있는지 꼬박꼬박 들여다보았다. 처음에 그녀는 그레고르에게 자기 쪽으로 오라고 했다. 자기 딴에는 다정하게 말을 한 듯했다. 그녀는 "늙어빠진 말똥구리야, 이리 와 봐!" 하고 말하기도 했고, "이 늙다리 말똥구리 좀 보세요." 하고 말하기도 했다.

그레고르는 자기를 그렇게 부르면, 일절 대꾸를 하지 않고, 문이 조금도 열리지 않은 것처럼 제자리에서 꼼짝도 하지 않고 가만히 앉아 있었다. 이 가정부가 제 멋대로 공연히 날 못 살게 굴게 내버려 두지 말고, 그녀에게 매일 내 방 청소나 하라고 이르면, 얼마나 좋을까!

어느 이른 아침에—비가 억수같이 오면서 유리창을 세차게 두드리고 있었다. 아마도 봄이 오는 징조였을 것이다—가정부가 허튼소리를 또 한 차례 늘어놓기 시작하자, 그레고르는 화가 잔뜩 나서 공격이라도 하려는 듯이 느릿느릿 그녀 쪽으로 돌아섰다. 그러나 그는 힘이라고는 하나도 없어 보였다.

하지만 그녀는 겁을 내기는커녕 문 가까이에 있는 안락의자를 높이 쳐들었다. 그녀는 입을 떡 벌리고 서 있었는데, 그건 들고 있는 안락의자로 그레고르의 등을 내리쳐서 그를 쓰러뜨리고 난 뒤에야 비로소 입을 다물겠다는 속셈이 분명했다.

"그러니까 더 가까이는 못 오시나 보지?"

그레고르가 다시 몸을 돌리자, 그녀는 그렇게 물었다. 그리고 안락의자를 가만히 구석에 다시 내려놓았다.

그레고르는 이제 거의 아무것도 먹지 않았다. 갖다 놓은 음식 옆을 우연히 지나갈 때만 장난삼아 한 입 베어 몇 시간 동안 입에 물고 있다가 대개는 도로 뱉어 버렸다. 처음에 그는 음식이 안 당기는 이유가 자기 방이 달라져서 슬프기 때문이라고 생각했다. 하지만 방이 이렇게 저렇게 바뀐 사실에 대해서는 이내 섭섭한 마음이 사라졌다.

그 집 식구들은 다른 곳에 둘 수 없는 물건들을 하나 둘 이 방에 들여다 놓는 데 차츰차츰 익숙해져 갔다. 이제 그런 물건들은 많았다. 방 한 개를 남자 세 명에게 세를 주었기 때문이다. 이 근엄한 남자들은—그레고르가 어쩌다 한 번 문틈으로 내다보니 세 사람 모두 양뺨과 콧잔등에 수염이 있었다—정리정돈이 잘 되어 있어야 하고 깔끔해야 된다는 걸 지나칠 정도로 중시했다. 그들이 사는 방도 그래야 했고, 일단 이 집에 자기네가 세를 들었으니, 집안 전체가 그래야 한다고 했다. 특히 부엌이 정리정돈이 잘 되고 깔끔해야 된다고 주장했다.

그 세 남자는 쓸모가 없거나 심하게 지저분한 잡동사니는 도대체 눈 뜨고 보지를 못했다. 게다가 그들은 자기네가 쓰던 세간을 거의 다 싸 갖고 왔다. 그런 이유로 그 집에 있던 많은 물건들이 불필요하게 되어 버렸다. 그 물건들은 남들에게 돈을 받고 팔 수 있는 물건들도 아니었지만, 그랬다고 내다 버리고 싶은 물건들도 아니었다. 그 물건들은 모두 그레고르의 방으로 옮겨졌다. 부엌에 있던 쓰레기통과 재를 받아 놓는 통도 그 방으로 왔다. 당장 쓸모가 없는 것이면 언제나 무지하게 설쳐 대는 가정부가 앞뒤 가리지 않고 곧바로 그레고르의 방에 집어던져 버렸다.

대개의 경우, 그레고르는 물건이나 그걸 잡고 있는 손만 눈에 들어왔다. 다행스러운 일이었다. 아마도 가정부는 때를 봐서 기회가 되면 물건들을 다시 가져가거나 한꺼번에 몽땅 내다 버릴 생각이었을 것이다. 하지만 그레고르가 그 잡동사니 사이로 다니다 방향을 바꾸느라 잡동사니들의 위치가 조금씩 바뀌어지지 않았다면, 물건들은 가정부가 처음에 던져 버린 자리에 그대로 있었다. 처음에 그레고르는 잡동사니를 치우지 않으면 기어다닐 자리가 없어서 그렇게 안 할 수가 없었던 것인데, 나중에는 점점 재미가 나서 그렇게 했다. 물론 그렇게 기어다닌 뒤에는 죽을 것같이 기진맥진하고 마음이 슬퍼져서 몇 시간씩 꼼짝도 하지 못했으면서도 말이다.

세 든 남자들이 때때로 저녁 식사도 거실에서 - 거실은 세 든 사람까지 모두 함께 썼다 - 했기 때문에, 저녁엔 이따금씩 거실 문이 닫혀 있었다. 그러면 그레고르는 문을 여는 것을 아예 포기해 버렸다. 하지만 그는 저녁에 이따금씩 문이 열려 있을 때도 나갈 생각을 하지 않고, 가족들이 눈치 채지 못하게 자기 방 가장 어두운 구석에 누워 있었다.

하지만 한 번은 가정부가 거실로 통하는 문을 조금 열어 두었다. 문은 저녁 때 세 든 남자들이 집에 돌아와 불을 켰을 때도 그대로 열려 있었다. 그들은 식탁 위쪽에 자리를 잡고 앉았다. 그 자리는 예전에 아버지, 어머니, 그리고 그레고르가 식사를 하던 자리였다. 세 든 남자들은 냅킨을 펴고 나이프와 포크를 손에 집었다. 그러자 문가에 어머니가 고기 접시를 들고 얼른 나타났고, 어머니 바로 뒤에선 동생이 감자가 수북이 담긴 접시를 들고 왔다. 음식에서는 김이 솔솔 피어올랐다.

세 든 남자들은 식사를 하기 전에 검사라도 하려는 듯 자기네 앞에 놓인 접시 위로 고개를 숙였다. 셋 중 가운데 앉았던 남자가—나머지 두 사람은 그를 윗사람으로 인정하고 있는 듯했다—접시에 있는 고기를 한 조각 잘랐다. 고기가 충분히 익었는지, 아니면 부엌으로 다시 돌려보내야 할지를 확인하기 위한 게 분명했다. 그는 흡족해했다. 잔뜩 긴장한 채 그 남자를 지켜보고 있던 어머니와 동생은 그제서야 비로소 안도의 한숨을 내쉬며 빙긋 웃었다.

그 집 식구들은 부엌에서 식사를 했다. 그런데도 아버지는 부엌으로 가기 전에 거실에 들어와 모자를 손에 들고 허리를 굽힌 채 식탁 주의를 한 번 빙 돌았다. 세 든 남자들은 모두 자리에서 일어나 뭐라고 중얼거렸다. 덥수룩한 수염 속에서 웅얼거리는 소리가 났다. 그들은 자기네끼리만 남게 되자, 거의 말을 하지 않고 음식만 먹었다.

그레고르는 음식을 먹을 때 나는 여러 소리 가운데서 음식을 이로 씹는 소리만 계속 난다는 것이 참으로 신기했다. 마치 그 소리는 그에게 인간은 음식을 먹기 위해서는 이가 필요하며, 또

한 턱이 아무리 멋있게 생겼어도 이가 없으면 아무짝에도 쓸모가 없다는 사실을 보여 주려는 것 같았다.

"나도 뭘 먹고 싶네."

근심에 찬 얼굴로 그가 중얼거렸다.

"하지만 저런 건 아니야. 저렇게 먹으면 난 죽을 거야!"

바로 그 날 저녁에—그레고르는 변신을 한 뒤로 바이올린 소리를 들어 본 기억이 없었다—바이올린 소리가 부엌 쪽에서 들려왔다. 세 든 남자들은 이미 저녁 식사를 마치고, 세 사람 중 가운데 앉았던 남자는 신문을 꺼내 다른 두 사람에게 한 장씩 주었다. 그들은 의자 등받이에 등을 기대고 앉아 신문을 읽으며 담배를 피웠다. 바이올린을 켜기 시작하자, 그들은 귀가 솔깃해져 자리에서 일어나 까치발을 하고 현관방으로 가서 나란히 문에 바싹바싹 붙어 섰다. 그들이 움직이는 소리가 부엌에서도 들린 게 틀림없었다. 아버지가 이렇게 외친 것이다.

"바이올린 켜는 게 혹시 맘에 안 드시나요? 그럼 당장 그만두게 할게요."

"맘에 안 들기는요. 그 반대입니다. 아가씨가 이리로 와서 연주를 하면 어떨까요? 여기가 훨씬 더 편안하고 아늑하잖아요."

세 명 중 가운데 있는 남자가 말했다.

"아, 그렇게 하지요."

아버지는 마치 자신이 바이올린을 켜기라도 한 듯이 큰 소리로 말했다. 남자들은 거실로 다시 돌아가 기다렸다. 곧 아버지는 악보대를, 어머니는 악보를, 동생은 바이올린을 들고 왔다. 동생은 조용히 바이올린을 켤 준비를 했다. 부모님은 지금까지 한 번도 세를 줘 본 적이 없어서 세입자들에게 지나치리만큼 공손하게 대해 주느라, 자기네 안락의자에 앉을 엄두도 내지 못했다.

아버지는 문에 기대어 서서 오른손을 몸에 꼭 맞는 사환 제복의 앞섶에 있는 두 단추 사이에 찔러 넣었다. 하지만 어머니는 한 남자가 권하는 대로 안락의자에 앉았다. 그 남자는 무심코 구석 자리에 안락의자를 놓았는데, 어머니는 그걸 옮길 생각도 하지 않고 그냥 앉아 있었다.

동생은 연주를 하기 시작했다. 아버지와 어머니는 각자 자기 자리에서 동생의 두 손이 움직이는 모습을 주의 깊게 지켜보았다. 그레고르는 바이올린 연주에 끌려 과감하게 조금 앞으로 나아갔다. 그의 머리는 이미 거실에 불쑥 들이민 상태였다. 그는 자신이 최근 들어 다른 사람들에게 거의 신경을 써 주지 않았다는 사실이 별로 놀랍지도 않았다. 예전에는 다른 사람들을 배려하는 게 자신의 자랑거리였었는데도 말이다.

그는 바로 지금이야말로 자신의 모습을 사람들 앞에서 감추어야 할 이유가 더 많았을 것이다. 왜냐하면 그의 방은 온통 먼지가 쌓여 있어 아주 조금만 움직여도 먼지가 펄펄 날아다니는 탓에 그의 온몸에는 먼지가 덕지덕지 뒤덮여 있었기 때문이다.

그는 등과 옆구리에 실오라기며 머리카락, 음식 찌꺼기를 덕지덕지 붙인 채 이곳저곳을 질질 끌고 다녔다. 예전 같으면 낮 동안 몇 번씩이나 방바닥에 누워 카펫에 몸을 문질러 댔었는데, 이제는 그 모든 것에 너무나도 무관심해진 나머지 한 번도 그렇게 하지 않았다.

자신이 그런 꼴이면서도 그는 티 하나 없이 말끔한 거실 바닥에서 조금 앞으로 나아가는 게 하나도 꺼림칙하지 않았다. 물론 아무도 그를 눈여겨보지 않았다. 가족들은 완전히 바이올린 연주에 정신이 팔려 있었다. 반면에 세 든 남자들은 그와는 달리 처음엔 두 손을 바지 주머니에 찔러 넣은 채, 세 명 모두 악보가 보일 정도로 악보대 뒤로 바싹 다가섰다. 동생은 분명 신경이 쓰였을 것이다. 그들은 곧바로 고개를 숙이고 나지막한 소리로 서로 무슨 말을 하면서 창가로 물러갔다. 아버지는 창가에 있는 그들을 근심스러운 표정으로 바라보았다.

그들은 아름답거나 경쾌한 바이올린 연주를 들을 것이라고 잔뜩 기대를 했다가 실망을 하고, 연주가 처음부터 끝까지 다 싫증이 났지만, 다만 예의를 지키느라 꾹 참고 듣고 있는 기색이 역력했다. 특히 세 사람 모두 고개를 들어 코와 입으로 시가 연기를 허공에 높이 뿜어 대는 모습으로 보아 몹시 짜증이 난 듯했다. 그런데도 동생은 무척이나 멋들어지게 연주를 했다.

고개를 옆으로 숙인 채 동생의 눈길은 한 줄 한 줄 악보를 따라 가고 있었다. 음미하는 듯한 슬픈 표정이었다.

그레고르는 조금 더 앞으로 기어가서 머리를 거실 바닥에 찰 싹 갖다 댔다. 어떻게 해서든 동생의 눈길과 마주치고 싶었던 것이다. 음악이 이토록 날 사로잡는데도 과연 내가 정말 동물이 란 말인가? 그는 열망해 마지않던 미지의 자양분을 얻을 수 있 는 길이 열리는 것만 같았다. 그는 동생이 있는 데까지 계속 돌 진해서 동생 치맛자락을 입으로 잡아당겨 동생에게 바이올린을 들고 자기 방에 와 달라고 넌지시 알리기로 작정했다. 이곳에서 는 그 누구도 그만큼 동생의 바이올린 연주를 잘 들어 주지 않 았기 때문이다.

그는 다시는 동생을 자기 방 밖으로 나가게 하고 싶지 않았 다. 적어도 자신이 살아 있는 동안에는 그러고 싶었다. 끔찍하 고 무시무시한 그의 모습이 처음으로 쓸모가 있을 것 같았다. 그는 자기 방에 있는 문을 모조리 잘 감시하고 있다가 누구든 공격을 해 오는 자들에게 심한 욕을 해 줄 생각이었다. 하지만 강제로 동생을 자기 방에 있게 해서는 안 되고, 동생 스스로 그 렇게 하고 싶어야 한다.

그는 동생을 소파에 자기 바로 옆에 앉히고 자기 쪽으로 귀 를 기울이게 한 다음, 오빠가 동생을 음악학교에 보내 줄 뜻이 확실히 있었으며, 또한 이런 불행한 일만 생기지 않았다면, 지

난 크리스마스 때 – 크리스마스가 벌써 지나간 걸까? – 집안 식
구들이 어떤 식으로 반대를 하든지 간에 식구들을 모아 놓고
그러한 계획을 발표할 생각이었다는 말을 털어 놓고 싶었다.
그렇게 설명을 해 주면, 동생은 감동한 나머지 눈물을 왈칵 흘
릴 것이고, 그레고르는 동생의 어깨까지 몸을 일으켜 동생의
목에 뽀뽀를 해 줄 생각이었다. 동생은 직장을 다니면서부터는
목에 리본이나 깃을 달지 않고 목을 그대로 내놓고 다녔다.

"잠자 씨!"

가운데 있던 남자가 아버지에게 외쳤다. 그는 더 이상 말을
잇지 못한 채 천천히 어기적어기적 앞으로 기어 나오고 있는
그레고르를 집게손가락으로 가리켰다. 바이올린 소리가 뚝 그
쳤다. 가운데 있던 남자는 그제서야 고개를 절레절레 흔들고
자기 친구들을 보며 씩 웃고는 다시 그레고르를 바라보았다.

아버지는 그레고르를 쫓아내는 것보다 우선 세 든 사람들을
진정시키는 게 급선무라고 생각하는 듯했다. 하지만 그들은 조
금도 동요되지 않았다. 그들은 바이올린 연주보다 그레고르에
게 더 흥미를 느끼는 듯했다. 아버지는 그들에게 재빨리 가서
두 팔을 활짝 벌리고 그들을 그들 방으로 몰아붙였다. 그렇게
하면서 동시에 그는 자기 몸으로 그레고르가 보이지 않게 애를
썼다.

그들은 실제로 화를 조금 냈다. 하지만 아버지 태도 때문에

화가 난 건지, 아니면 그레고르 같은 것이 바로 자기네 옆방에서 살고 있다는 사실을 전혀 모르고 있다가 지금에야 비로소 그러한 사실을 알게 되어서 화가 난 건지, 그건 알 길이 없었다. 그들은 아버지에게 이 일에 대해 해명을 해 보라고 요구했고, 자기네들도 아버지처럼 양팔을 들어 올리고는 심기가 불안한 듯 수염을 잡아당기다가 어슬렁어슬렁 자기네 방 쪽으로 물러갔다.

그러는 사이, 동생은 갑자기 연주가 중단되는 바람에 얼떨떨해졌다가 다시 마음을 추스르고는 한동안 힘없이 축 늘어뜨리고 있던 두 손으로 바이올린과 바이올린 활을 쥐고는 계속 바이올린을 켤 것처럼 악보를 들여다보았다. 그러다가 동생은 퍼뜩 정신을 차리고는 악기를 어머니 무릎에 내려놓더니 옆방으로 후닥닥 달려갔다. 어머니는 가슴이 몹시 두근거리며 호흡이 곤란해진 탓에 아직도 안락의자에 앉아 있었다.

세 든 남자들은 자기네 방으로 가고 있었는데, 아버지가 뒤에서 다그치는 통에 아까보다도 걸음걸이가 더욱 더 빨라졌다. 침대에 있는 이불이며 베개가 동생의 능숙한 손놀림에 따라 침대 위로 이리저리 휙휙 움직이며 정돈되는 게 보였다. 동생은 세 든 사람들이 방에 들어오기 전에, 침대를 말끔히 정돈해 놓고 그 방에서 빠져나왔다. 아버지는 또다시 고집스러운 마음이 발동했는지, 자기 집에 세 든 사람들은 마땅히 존중해 줘야 한다는 사실을 완전히 잊어버리고 말았다.

아버지는 그들을 계속 몰아붙였다. 하지만 가운데 있던 남자는 방문 앞에 이르자, 땅이 꺼져라 요란하게 발을 굴렀다. 아버지는 그 자리에서 멈칫했다.

"나는 이 자리에서 선언합니다."

가운데 남자는 한 손을 든 채 두리번거리며 어머니와 동생을 찾고는 말을 이어 나갔다.

"이 집과 이 집 식구들한테 전반적으로 감돌고 있는 불쾌한 상황을 고려한 결과 – 그런 말을 하면서 그는 순간적으로 결심을 한 듯 바닥에 침을 탁 뱉었다 – 나는 지금 당장 방을 내놓을 것을 선언합니다. 지금까지 여기서 살았지만 방세는 물론 한 푼도 안 낼 겁니다. 난 되려 당신들한테 손해 배상 청구를 할까, 생각해 볼 겁니다. 배상 이유는 – 그냥 하는 소리가 아니에요 – 어렵지 않게 댈 수 있죠."

그는 입을 꾹 다문 채 앞만 똑바로 보았다. 무언가를 기다리는 듯한 표정이었다. 그러자 그의 두 친구들이 얼른 끼어들었다.

"우리도 당장 여기서 나갈 겁니다."

그러자 가운데 있던 남자는 문의 손잡이를 잡더니 문을 쾅 닫았다.

아버지는 두 손으로 더듬더듬하며 자기 안락의자로 비틀비틀 오더니 털썩 주저앉았다. 여느 때처럼 저녁에 잠깐 눈을 붙일 생각으로 사지를 쭉 뻗고 있는 듯했지만, 머리를 맥없이 계속해서 끄덕이는 걸 보면, 잠을 자는 건 분명 아니었다.

그 동안 그레고르는 세 든 남자들에게 발각된 그 자리에서 아무 소리도 내지 않고 줄곧 잠자코 누워 있었다. 계획한 게 수포로 돌아가자, 그는 실망한 나머지 몸을 움직일 힘도 없었다. 하지만 몸을 움직이지 못한 이유는 너무나 굶주린 탓에 몸이 허약해졌기 때문이기도 할 것이다. 다음 순간, 그는 왠지 사람들이 모두 한꺼번에 우르르 자신에게 몰려들어 자기 몸 위로 덮쳐 올 것만 같았다. 그는 두려운 마음으로 그 순간을 기다렸다.

어머니는 파르르 손가락이 떨렸다. 바이올린이 어머니 손에서 미끄러져 무릎에서 바닥으로 떨어지는 바람에 요란한 소리가 났는데도, 그레고르는 눈도 깜짝하지 않았다.

"어머니, 아버지,"

동생은 그렇게 운을 떼면서 식탁을 손으로 탁 내리쳤다.

"이대로는 안 돼요. 어머니, 아버지는 잘 모르실지 몰라도 전 잘 알아요. 저는 이 괴물 앞에서 우리 오빠 이름도 입에 올리고 싶지 않아요. 단지 제가 말씀드리는 건 우리는 저것한테서 벗어나야 한다는 거예요. 우리는 저걸 돌보고, 묵묵히 있는 그대로 봐 주기 위해서 사람으로서 할 수 있는 건 다 했어요. 조금이라도 우리를 비난할 사람은 아무도 없을 거예요."

"저 애 말이 백 번 천 번 옳아."

아버지가 혼잣말을 했다. 어머니는 아직도 숨을 제대로 쉬지 못했다. 어머니는 넋이 나간 듯한 눈빛으로 손으로 입을 가리고 쿨룩쿨룩 기침을 하기 시작했다. 동생은 어머니에게 얼른 달려가 이마를 짚어 주었다. 아버지는 동생이 한 말을 듣고 무슨 생각이라도 난 듯이 반듯이 앉아서 세 든 사람들이 저녁 식사를 한 뒤 아직도 식탁 위에 그대로 놓여 있는 접시들 사이에 놓인 자신의 사환 모자를 만지작거렸다. 아버지는 조용히 있는 그레고르를 가끔씩 바라보았다.

"우리는 저것에서 벗어나야 해요."

동생은 아버지만 보고 말했다. 어머니는 기침을 하느라고 아무 말도 듣지 못했기 때문이다.

"저게 아버지랑 어머니를 다 죽여 버릴 거예요. 안 봐도 뻔해요. 우리같이 온 식구가 모두 죽어라 일을 해야 하는 집은 직장에서 돌아와서까지 이런 식으로 끊임없이 고통을 겪을 수는 없는 법이에요. 저도 더 이상은 못 참아요."

동생은 그렇게 말한 뒤 엉엉 울음을 터뜨렸다. 동생의 눈물이 어머니의 얼굴에 주르르 흘러내렸다. 동생은 기계적으로 손을 움직이며 어머니 얼굴에서 눈물을 닦아 주었다.

"막내야,"

아버지가 말했다. 그 목소리에는 동생을 딱하게 여기고, 또한 동생을 아주 잘 이해한다는 듯한 게 묻어 있었다.

"그렇지만 우리가 어떻게 해야 되겠니?"

동생은 어깨만 움찔해 보였다. 방금 전까지만 해도 생각이 확고했었는데, 엉엉 우는 바람에 이젠 어찌할 바를 모르고 그저 막막하다는 뜻이었다.

"저 애가 우리가 하는 말을 알아듣는다면,"

아버지가 반쯤은 묻는 듯한 어조로 말했다. 동생은 울다가 그런 건 생각조차 할 수 없는 일이란 뜻으로 거세게 손사래를 쳤다.

"그 애가 우리가 하는 말을 알아듣는다면,"

아버지는 같은 말을 되풀이하며 두 눈을 감았다. 그런 일은 절대로 일어나지 않는다고 동생이 장담한 바를 수긍한다는 뜻이었다.

"그러면 저 애랑 어떤 식으로든 합의라도 볼 수 있으련만. 하지만 저렇게……."

"없어져야 돼요."

동생이 버럭 소리를 질렀다.

"그 방법밖에 없어요, 아버지. 아버지는 저게 오빠라는 생각만 떨쳐 버리시면 돼요. 우리가 지금까지 계속 그렇게 믿었던 게 바로 우리의 진짜 불행이에요. 하지만 어떻게 저게 오빠일 수 있는 거죠? 만일 오빠라면 사람은 자신과 같은 동물과 함께 사는 건 불가능하다는 걸 알아차리고, 자기 발로 집을 나갔을 거예요. 그렇게 되면 우리는 오빠는 없게 되는 거지만, 앞으로 계속 살아갈 수는 있을 거예요. 오빠에 대한 추억도 소중히 간직할 거고요. 하지만 이 짐승은 우리 뒤를 추격하듯 졸졸 따라다니고, 세 든 사람들을 내쫓고, 우리 집을 통째로 차지할 게 뻔해요. 우리를 길거리 골목에서 노숙하게 하는 거예요. 저것 좀 보세요, 아버지."

동생이 갑자기 고함을 질렀다.

"또 시작이에요!"

동생은 기겁을 하고─그레고르는 동생이 그렇게 겁을 내는 게 정말 이해가 되지 않았다─그레고르 가까이에 있는 것보다는 차라리 어머니를 희생시키는 편이 낫다는 듯이 어머니가 앉아 있는 안락의자를 휙 떠나 아버지 뒤쪽으로 후닥닥 달려갔다. 아버지는 동생의 행동에 놀라서 자리를 털고 일어나 동생을 보호해 주기라도 하려는 듯이 동생을 향해 두 팔을 반쯤 쳐들었다.

하지만 그레고르는 누군가에게 겁을 주고 싶은 생각은 추호도 없었다. 동생한테는 더더욱 그랬다. 그는 자기 방으로 돌아가기 위해서 막 몸을 돌리기 시작했을 뿐이다. 몸이 아픈 상태라 몸을 빙 돌리는 게 힘들어서 머리도 같이 움직여 주어야 했는데, 그런 동작이 당연히 유별나게 보인 것이다. 몸을 돌리는 과정에서 머리를 여러 차례 들었다 바닥에 내리쳤기 때문이다.

그는 움직이다 말고 주위를 돌아보았다. 그의 착한 마음을 사람들이 알아챈 것 같았다. 하지만 모두 잠시 놀랐을 따름이다. 이제 모두들 슬픈 표정으로 조용히 그를 응시하고 있었다. 어머니는 안락의자에서 두 다리를 쭉 뻗고 한 다리를 다른 다리 위에 올려놓고 누워 있었다. 어머니는 지친 나머지 눈을 거의 감고 있었다. 아버지와 동생은 나란히 앉아 있었다. 동생은 한 팔로 아버지 목을 끌어안고 있었다.

'이젠 몸을 돌려도 되겠다.'

그레고르는 생각했다. 그는 그 일을 다시 시작했다. 힘이 들어 자기도 모르게 헐떡거렸기 때문에, 그는 짬짬이 쉬지 않을 수가 없었다. 그를 다그치는 사람은 아무도 없었다. 모든 게 그하고 싶은 대로 허락된 상태였다. 몸을 다 돌리자, 그는 곧바로 자기 방으로 돌아가기 시작했다. 그는 자기 방까지의 거리가 그토록 멀다는 사실에 소스라치게 놀랐다. 몸이 허약해졌는데도 어떻게 해서 자신이 조금 전에 이렇게 먼 거리를 멀다고 느끼지 않고 기어왔는지 도무지 이해가 되지 않았다. 그저 빨리 기어갈 생각만 하느라 그는 자기 가족들이 무슨 말을 해도, 또 뭐라고 외쳐도 조금도 자기 신경을 건드리지 않았다는 사실을 거의 알아차리지 못했다.

그는 방문 앞에 이르자, 비로소 고개를 뒤로 돌렸다. 그러나 완전히 돌리지는 못했다. 목이 뻣뻣했기 때문이다. 그는 자기 뒤쪽에서 동생 하나만 자리에서 일어났을 뿐, 아무런 변화가 일어나지 않았다는 사실을 두 눈으로 보았다. 그의 마지막 시선이 어머니를 스쳐 지나갔다. 어머니는 완전히 잠이 들어 버렸다. 그가 자기 방에 들어가기가 무섭게 문이 홱 닫히고 빗장이 단단히 걸리면서 문이 잠겼다. 뒤에서 갑작스레 요란한 소리가 나자, 그는 너무나도 놀란 나머지 작은 다리들이 그만 구부러지면서 꺾이고 말았다.

그렇게 급하게 문을 닫은 사람은 바로 동생이었다. 동생은 미리 기다리고 서 있다가 총알같이 잽싸게 그 쪽으로 뛰어왔기 때문에, 그레고르는 미처 동생이 오는 소리를 조금도 듣지 못했던 것이다. 동생은 열쇠 구멍에 열쇠를 넣고 돌리면서 "이제 됐어요!" 하고 부모님에게 소리를 질렀다.

"이제 어쩐다?"

그레고르는 스스로에게 그렇게 묻고는 주위를 돌아보았다. 주위는 어두웠다. 그는 자신이 이제는 옴짝달싹할 수 없다는 사실을 즉각 발견했다. 그는 그러한 사실이 조금도 이상하지 않았다. 오히려 그는 자신이 지금까지 이 가느다란 작은 다리들로 실제로 돌아다닐 수 있었다는 사실이 참으로 신기하게 느껴졌다. 게다가 그는 비교적 기분도 좋았다. 몸 전체가 아프기는 했지만, 고통이 서서히 잦아드는 듯했고, 마침내는 아주 사라지는 듯한 느낌도 들었다.

그는 자기 등에 박혀 있는 썩은 사과도, 그 주변에 생긴 염증도 이미 거의 느끼지 못했다. 등이고 염증 주위고 모두 먼지가 살짝 뒤덮여 있었다. 그는 감동과 애정 어린 마음으로 자기 가족을 돌이켜보았다. 그는 자신이 사라져 버려야 한다고 굳게 믿었다. 그 생각은 동생이 생각하는 것보다 한층 더 확고했다. 교회의 시계탑이 새벽 세 시를 알릴 때까지 그는 공허하면서도 평화롭기까지 한 생각을 계속 골똘히 했다.

창밖에서 날이 차츰 밝아오는 게 보였다. 다음 순간, 그는 자신도 모르게 고개가 푹 꺾였다. 콧구멍에서 그의 마지막 숨이 희미하게 새어 나왔다.

아침 일찍 가정부가 그 집에 왔을 때—그녀는 힘도 넘치고 성격도 급해서 그 집 식구들이 제발 문을 살살 닫으라고 입이 닳도록 부탁을 했건만, 문이란 문을 어찌나 세게 쾅쾅 닫는지, 그녀만 집에 나타나면 도대체 그 집 식구들은 편안히 잠을 잘 수가 없었다—그녀는 늘 그랬던 것처럼 그레고르의 방을 잠깐 들여다보았다. 하지만 그녀는 처음엔 별다른 것은 발견하지 못했다.

그녀는 그가 일부러 꼼짝도 하지 않고 누워서 삐친 척하고 있는 것이라고 생각했다. 그녀는 그가 머리는 말짱한 것이라고 믿었던 것이다. 마침 그녀는 긴 빗자루를 손에 들고 있었던 터라 문가에서 빗자루로 그레고르를 간질이려고 했다. 하지만 그레고르가 아무런 반응을 보이지 않자, 그녀는 화가 나서 그레고르의 몸을 살짝 찔렀다. 빗자루로 그를 밀어도 그가 아무런 저항도 하지 않고 쓱 밀려 나가자, 그녀는 비로소 그를 주의 깊게 살펴보았다.

그녀는 즉각 사태를 알아차리고는 눈을 휘둥그레 뜨고 휘파람을 불었다. 하지만 그녀는 조금도 지체하지 않고 잠자 부부의 침실 문을 홱 열어 젖히고는 커다란 목소리로 어둠 속에 대고 외쳤다.

"이리 좀 와 보세요. 그 녀석이 뒈졌어요. 저기 뻗어 있어요. 아주 뒈져 버린 거예요!"

잠자 부부는 침대에서 반듯이 일어나 앉아 가정부가 보고하는 바를 이해하기에 앞서 우선 그녀를 보고 놀란 마음을 추슬러야 했다. 하지만 가정부가 말하는 게 무슨 말인지 그 뜻을 알아차리자, 잠자 씨와 잠자 부인은 각자 자기가 있던 자리에서 후닥닥 내려왔다. 잠자 씨는 이불이 어깨에 걸쳐 있었고, 잠자 씨 부인은 잠옷만 입은 채 뛰쳐 나왔다.

그런 모습으로 그들은 그레고르의 방에 들어갔다. 그러는 동안 거실 문도 열렸다. 세 든 사람들이 이사 온 뒤로 거실에서는 그레테가 잠을 잤다. 동생은 옷을 다 입고 있었다. 밤새 한 숨도 자지 않은 듯했다. 동생의 창백한 얼굴도 그러한 사실을 증명하는 듯했다.

"죽었어요?"

잠자 부인은 그렇게 말하고는 의아한 낯빛으로 가정부를 올려다보았다. 하지만 그건 그녀 스스로 확인해 볼 수도 있는 일이었고, 또 확인해 보지 않아도 한 눈에 알 수 있는 일이기도 했다.

"그런 것 같아요."

가정부는 그렇게 말하고 증명을 해 보일 셈으로 빗자루로 그레고르의 시체를 옆으로 휙 밀었다. 잠자 부인은 가정부가 그렇게 하지 못하도록 빗자루를 잡는 척했지만, 실제로는 그렇게 하지 않았다.

"자, 이제 우리, 하느님께 감사드려도 되겠다."

잠자 씨가 말했다. 그가 성호를 긋자, 세 여자도 따라했다. 시체에서 눈을 떼지 않고 계속 지켜보고 있던 그레테가 말했다.

"얼마나 말랐나, 좀 보세요. 정말 오랫동안 아무것도 먹지 않았어요. 음식을 갖다 주면, 그대로 나왔지요."

그레고르의 몸은 실제로 완전히 납작해졌고 바싹 메말라 있었다. 이제야 비로소 그러한 사실을 확실히 알 수 있었다. 이제는 작은 다리들이 그레고르의 몸을 받치고 있지도 않았고, 또한 보는 이들의 시선을 대번에 끌 만한 그 어떤 것도 남아 있지 않았기 때문이다.

"그레테, 잠깐만 우리 방에 가자."

잠자 부인이 슬픔이 깃든 미소를 지으며 말했다. 그레테는 시체를 뒤돌아보면서 부모를 따라 그들의 침실로 갔다. 가정부는 문을 닫고 창문을 활짝 열었다. 이른 아침인데도 상쾌한 공기 속에는 이미 포근한 기운이 약간 감돌고 있었다. 벌써 3월 말이었던 것이다.

세 든 남자들은 자기네 방에서 나와 눈을 휘둥그레 뜨고 아침 식사를 찾았다. 모두가 그들을 까맣게 잊고 있었던 것이다.

"아침 식사 어디 있어요?"

가운데 남자가 가정부에게 퉁명스럽게 물었다. 하지만 가정부는 손가락을 입에 대고 한 마디도 하지 않은 채 그들에게 그레고르의 방으로 가 보라고 얼른 눈짓을 했다. 그 방은 이미 불이 환하게 켜져 있었다. 그들은 그리로 가서 조금은 낡고 작은 웃옷 주머니에 두 손을 찔러 넣은 채 그레고르의 주검 주위에 빙 둘러섰다.

그 때 침실 문이 열렸다. 제복 차림의 잠자 씨가 한 팔에는 아내의 팔을, 또 한 팔에는 딸의 팔을 끼고 나타났다. 세 사람 모두 울어서 눈이 약간 붉어지고 부어 있었다. 그레테는 때때로 아버지 팔에 얼굴을 묻었다.

"지금 당장 우리 집에서 나가세요!"

잠자 씨가 말했다. 그는 두 여성에게서 팔을 빼지 않은 채 문을 가리켰다.

"무슨 말씀이세요?"

가운데 있는 남자가 약간은 당황한 얼굴로 말하면서 아부하는 듯한 웃음을 짐짓 상냥하게 지어 보였다. 다른 두 남자는 뒷짐을 진 채 계속 두 손을 비벼 댔다. 자기네들에게 유리하게 끝날 게 분명한 엄청난 언쟁을 내심 기쁜 마음으로 기다리고 있는 듯했다.

"방금 말한 그대로요."

잠자 씨는 그렇게 대꾸를 하고는 두 여성을 양 옆에 동반한 채 가운데 남자에게 다가갔다. 그 남자는 처음에는 가만히 서 있다가 방바닥을 내려다보았다. 마치 머릿속에서 생각이 새롭게 정리되는 듯했다.

"그렇다면 우리 모두 나가지요."

그는 그렇게 말하고 잠자 씨를 올려다보았다. 마치 갑자기 자신도 모르게 지나칠 정도로 다소곳해지면서 스스로가 이렇게 결심을 내리는 것에 대해서까지도 허락을 내려 달라고 요구하는 듯했다. 잠자 씨는 눈을 크게 부릅뜨고 그에게 고개만 몇 번 끄떡였다.

그러자 그 남자는 정말로 곧바로 현관방 쪽으로 성큼성큼 걸어갔다. 그의 두 친구는 손가락 하나 움직이지 않은 채 잠시 귀 기울여 듣고 있기만 하다가 얼른 그의 뒤를 따라 껑충껑충 뛰어갔다. 잠자 씨가 자기네보다 먼저 현관방으로 들어가 자기들과 자기네 우두머리와의 관계를 망쳐 놓을까 봐 두려워하는 눈치였다.

현관방에서 세 남자는 벽에 고정된 옷걸이에서 모자를 집어 들고, 단장통에서 지팡이를 꺼내더니 입을 굳게 다문 채 꾸벅 인사를 하고는 집을 나갔다.

잠자 씨는 미심쩍은 생각이 들어 두 여자와 함께 현관 밖으로 나갔다. 그들은 난간에 기댄 채 세 남자가 속도는 느렸지만 쉬지 않고 계속 기나긴 계단을 내려가는 모습을 바라보았다. 그들은 한 층 한 층 내려갈 때마다 계단이 둥그렇게 휘는 계단 모퉁이에서는 사라졌다가 잠시 뒤 다시 모습을 드러냈다. 잠자 씨가 괜스레 의심을 한 것이다.

그들이 계단 아래쪽으로 내려갈수록 그들에 대한 잠자 씨네 가족의 관심도 점점 줄어들었다. 한 정육점 점원이 머리에 운반용 광주리를 이고 위풍당당하게 계단을 올라와서 그들 곁을 지나 계단을 계속 올라가자, 잠자 씨는 이내 여자들과 함께 난간을 떠나 자기네 집안으로 들어갔다. 세 사람 모두 한 시름 놓은 듯 마음이 홀가분했다.

그들은 오늘 하루는 푹 쉬고 산책이나 하면서 보내기로 했다. 그들은 이제는 일을 하지 않고 쉴 수 있는 자격이 충분히 있었고, 또 휴식이 절대적으로 필요하기도 했다. 그래서 그들은 식탁에 앉아 결근계를 한 장씩 썼다. 잠자 씨는 지배인에게, 잠자 부인은 일감을 주문한 사람에게, 그리고 그레테는 상점

주인에게 썼다.

　그들이 결근계를 쓰고 있는데, 가정부가 들어왔다. 그녀는 아침 일이 다 끝났으니 그만 가 보겠다고 말을 했다. 결근계를 쓰고 있던 세 사람은 처음엔 가정부를 쳐다보지 않고 고개만 끄덕였다. 하지만 그녀가 갈 생각을 하지 않자, 짜증난 얼굴로 고개를 들었다.

　"왜요?"

　잠자 씨가 물었다. 가정부는 씩 웃으며 문가에 서 있었다. 마치 그녀가 그 집 식구들에게 굉장한 희소식을 전해야 하는데, 상대방 쪽에서 먼저 그 일에 대해 미주알고주알 캐물어야만 그 소식을 알려 주겠다는 태도로 보였다. 그녀가 쓰고 있는 모자에 거의 수직으로 꽂혀 있는 작은 타조 깃 한 개가 이리저리 살랑살랑 나부끼고 있었다. 잠자 씨는 그녀가 자기 집에서 일하는 시간 내내 그 타조 깃이 못마땅했었다.

　"아니, 무슨 할 말 있어요?"

　잠자 씨 부인이 물었다. 그녀는 가정부가 그 집 식구들 중에서 가장 존경하는 사람이었다.

　"네."

　가정부가 대꾸를 했다. 하지만 그녀는 싱글벙글 웃느라 말을 잇지 못했다.

　"뭐냐면요, 옆방에 있는 그 쓸데없는 물건을 어떻게 치워 버릴까, 하고 걱정 안 하셔도 된다고요. 제가 벌써 다 알아서 했거든요."

잠자 부인과 그레테는 쓰고 있던 편지지 위로 다시 몸을 숙였다. 글을 계속 쓰려는 듯했다. 가정부가 이제 모든 걸 낱낱이 얘기하려는 걸 눈치 챈 잠자 씨는 손을 쑥 내밀며 그녀가 더 이상 얘기를 하지 못하게 단호하게 막았다. 하지만 그녀는 주저리주저리 이야기를 늘어놓지 못하게 되자, 자신이 지금 무척 바쁘다는 사실이 떠올랐다. 그녀는 큰 소리로 말했다. 자존심이 상한 게 분명했다.

"모두들 안녕히 계세요."

그녀는 휙 돌아서더니 문을 쾅 닫은 뒤, 그 집을 떠났다.

"저 여자, 저녁 때 오면 내보내야 겠어."

잠자 씨가 말했다. 하지만 부인과 딸은 아무 대꾸가 없었다. 그들이 이제야 비로소 겨우 얻은 평온한 분위기를 가정부가 또다시 망쳐 놓은 듯했기 때문이다. 그들은 자리에서 일어나 창가로 가 서로 끌어안고 가만히 서 있었다. 안락의자에 앉아 있던 잠자 씨는 아내와 딸 쪽으로 몸을 돌리고는 잠시 동안 그 두 사람을 가만히 관찰했다. 그러다가 큰 소리로 말했다.

"둘 다 이리 와 봐. 지나간 일은 다 잊어버려. 이젠 나한테도 좀 신경을 써 줘."

여자들은 즉각 그가 말한 대로 했다. 얼른 그에게로 가서 곰

살맞게 그를 어루만져 주고, 아까 쓰다 만 결근계를 서둘러 끝냈다.

그런 다음 그 세 사람은 함께 집을 나섰다. 수개월 만에 처음 있는 일이었다. 그들은 전차를 타고 교외로 나갔다. 전차에는 그들밖에 없었는데, 따스한 햇살이 전차 안으로 좍 비쳐 들었다. 그들은 좌석에 편안히 기대 앉아 미래에 대한 구상에 대해 서로 이야기했다. 가만히 생각해 보니, 그들의 장래는 결코 어두운 것만은 아니었다. 세 사람 모두 서로의 일자리에 대해 자세히 물어 본 적은 한 번도 없었지만, 세 사람 모두 정말 좋은 직장이었고, 미래 또한 밝았기 때문이다. 현재 처해 있는 상황도 물론 집만 옮기면 금방 해결될 터였다. 그들은 이제 그레고르가 구했던, 지금 사는 집보다는 좀 작고, 집값이 싸면서도 위치는 더 좋으면서 무엇보다 실용적인 집을 구하고 싶었다.

그런 이야기를 나누고 있는 동안, 잠자 씨와 잠자 부인은 날이 갈수록 점점 생기가 넘치는 딸을 보면서 그 애가 최근에 뺨이 핼쑥해질 정도로 고생을 수도 없이 많이 했는데도 아름답고 몸집도 풍만한 처녀로 활짝 피어났다는 사실을 거의 동시에 문득 깨달았다.

그들은 점점 더 말이 없어졌다. 거의 무의식적으로 시선을 주고받으면서 그들은 이제는 그 애를 위해 맘씨 좋은 착한 남자를 찾아 줘야 할 때가 온 것이라고 생각했다. 그리고 전차가 목

적지에 도착하자, 딸이 맨 먼저 자리에서 일어나 젊디젊은 풋
풋한 몸을 늘씬하게 쭉 폈을 때, 그들에게는 그러한 모습이 그
들의 새로운 꿈들과 멋진 여러 가지 계획들이 이루어질 것이라
고 확인해 주는 듯했다.

제 2 부

독신남의 불행 외

프로메테우스

　프로메테우스에 대한 전설은 네 가지가 있다. 첫 번째 전설
에 따르면, 프로메테우스는 신들의 비밀을 인간에게 누설해 버
렸기 때문에, 카우카소스산맥(*흑해와 카스피해 사이에 있는 높은
산맥)의 한 바위산에 쇠사슬로 단단히 묶였다고 한다. 신들은
독수리를 여러 마리 보냈고, 독수리들은 그의 간을 쪼아 먹었
다는 것이다. 그의 간은 독수리들이 아무리 뜯어 먹어도 끊임
없이 새로 자라났다고 한다.

　두 번째 전설에 따르면, 프로메테우스는 독수리가 계속 부
리로 콕콕 쪼아 대는 게 너무나도 고통스러운 나머지, 바위 속
에 자기 몸을 자꾸만 밀어 넣다가 결국 바위와 하나가 되어 버
렸다고 한다.

　세 번째 전설에 따르면, 수천 년이 흐르는 사이 그의 배신 행

위는 잊혀졌다고 한다. 신들도 모두 그 사실을 잊어버렸고, 독수리도, 프로메테우스 자신도 까맣게 잊어버렸다고 한다.

네 번째 전설에 따르면, 사람들은 근거라고는 하나도 남아 있지 않은 그 사건이 그만 지겨워졌다고 한다. 신들도 지겨워했고 독수리들도 진절머리가 났다. 상처도 지겨워진 나머지, 아물어 버렸다고 한다.

바위산에 대해선 아무런 설명도 없었다. 전설은 그 수수께끼를 설명하려고 한다. 그런데 전설이란 진실을 바탕으로 해서 만들어지는 것이므로, 전설의 끝 역시 설명되지 않는 수수께끼로 끝나야 하는 것이다.

포세이돈

포세이돈은 자기 책상에 앉아 계산을 하고 있었다. 개울이
며 강, 바다를 모두 관리하는 당국에서 그에게 엄청난 일을 맡
긴 것이다. 포세이돈은 맘만 먹으면 얼마든지 조수를 둘 수도
있었을 것이다. 물론 그는 조수가 아주 많이 있었지만, 자신의
직무를 너무나도 신중하게 이행했으므로, 하나에서 열까지 모
두 한 번씩 더 검산을 했다. 그런 까닭에 조수들이 있어도 별로
도움이 되지 않았다.

포세이돈은 일하는 게 즐거웠던 것은 아니다. 자신에게 부
과된 일을 하지 않으면 안 되었기 때문에 한 것뿐이다. 물론 그
는 이미 ─ 그의 표현을 빌린다면 ─ 좀 더 즐겁게 일할 수 있는
일자리를 여러 번 알아보았다. 하지만 사람들이 정작 그에게
이런저런 제안을 하면, 그는 자신이 지금까지 해 오던 일만큼

맘에 드는 일도 정말 없다는 사실을 번번이 발견했다.

그에게 어떤 다른 일감을 찾아 주는 것은 무척이나 어려운 일이기도 했다. 예를 들어 그에게 어떤 특정한 바다를 정해 줄 수는 없는 일이었다. 그 곳이라 해서 계산하는 일이 줄어드는 것도 아니고, 단지 그 일이 계산해야 할 범위만 좀 줄어든 것이라는 사실을 제외하고는 위대한 포세이돈이 맡게 되는 직책은 물론 언제나 제일 위에서 지배하는 일이었다.

포세이돈에게 물 밖에서 하는 일을 주면, 그는 그 일을 생각만 해도 벌써 속이 메스꺼웠다. 그의 신성한 호흡은 불규칙해졌고, 그의 무쇠 같은 흉곽은 들먹거렸다. 그렇지만 사람들은 그러한 고통을 그다지 심각하게 생각하지 않았다. 힘 있는 자가 괴롭힐 때는 일단은 복종하는 척해야 한다. 아무리 실현 가능성이 없는 일을 시켜도 애써 노력하는 척해야 하는 것이다. 포세이돈이 실제로 면직 당할 것이라고 생각하는 사람은 아무도 없었다. 태초부터 그는 바다의 신으로 정해져 있었고, 또한 그러한 사실은 변함없이 유지되어야 했다.

포세이돈은 자신이 예를 들어 자나 깨나 삼지창으로 물결을 가르며 이륜차를 모는 모습을 남들이 상상한다는 말을 들으면 거의 대부분 화를 냈다. 그는 화가 나면 특히 자신이 하는 일이 불만스러웠다. 그래도 그는 이 깊은 바다 속에 앉아 한시도 쉬지 않고 계산을 했다. 짬짬이 제우스에게 여행을 갈 때만 유일하게 그러한 단조로움에서 벗어날 수 있었다. 그런데 여행을 마치고 돌아올 때면 대개는 잔뜩 화가 나서 돌아오곤 했다.

그런 탓에 그는 어떤 바다건 간에 거의 보지 못했다. 올림포스산에 황급히 오를 때 잠시 휙 볼 뿐, 실제로 이곳저곳에 있는 바다들을 두루 항해해 본 적은 한 번도 없었다. 그는 이렇게 말하곤 했다. 자신은 세계가 멸망할 때를 기다리고 있다고. 세계가 몰락하기 전에 한순간 고요해질 것이고, 세계가 몰락하기 직전에 자신은 마지막으로 계산해 놓은 것을 좍 훑어본 다음에 일주 여행을 후딱 할 수 있을 것이라고.

포세이돈

바다 요정들의 침묵

불충분한, 아니 유치하기 짝이 없는 방법도 사람을 구출하는 데 써먹을 수 있다는 사실에 대한 증명을 하자면 다음과 같다.

오디세우스는 바다 요정들에게서 스스로를 지켜 내기 위해 양쪽 귀를 밀랍으로 꽉 틀어막고, 돛대에 자기 몸을 단단히 묶게 했다. 물론 예전부터 배를 타고 여행하는 사람들은 누구나 그 비슷한 일을 할 수 있었을 것이다. 멀리서부터 이미 유혹당한 사람들은 그러지 못했겠지만, 아직 유혹을 당하지 않은 사람들은 그렇게 했을 것이다. 하지만 그렇게 한들 아무 소용이 없다는 건 온 세상이 다 아는 사실이었다.

바다 요정들의 노래는 어떤 것이든 죄다 꿰뚫고 들어갔기 때문에, 일단 사람이 유혹을 당하면 불같이 감정이 격해져 사슬이나 돛대는 물론, 그보다 더한 것이라도 모조리 부숴 버렸을 것이다. 하지만 오디세우스는 그런 이야기를 들었을 법한데도 그 점에 대해서는 눈곱만큼도 생각하지 않았다. 그는 밀랍 한 줌과 쇠사슬 한 뭉치를 철석같이 믿었고, 대단하지는 않지만 자신이 택한 그 도구에 대해 어린아이같이 기뻐하며 바다 요정들이 있는 쪽으로 배를 몰았다.

하지만 이제 바다 요정들에게는 노래보다 한층 더 무시무시한 무기가 있었다. 그건 침묵이다. 사실 바다 요정들이 아직 그 무기를 쓴 건 아니다. 하지만 누군가가 바다 요정의 노랫소리를 듣고도 굴하지 않고 스스로 목숨을 구했다는 건 상상할 수 있는 일이지만, 바다 요정들의 침묵 앞에서 그렇게 했다는 건 도대체 생각조차 할 수 없는 일이다. 그건 분명한 사실이다.

혼자 힘으로 바다 요정들을 물리쳤다는 기분, 그리고 그런 기분에 젖어 있을 때 자연스럽게 드는 생각, 말하자면 그 어느 것도 무섭지 않은 오만방자함은 가히 하늘을 찌를 정도이다. 이 세상 그 어떤 것도 그것에 맞설 수는 없는 것이다.

실제로 오디세우스가 왔을 때, 그 막강한 여가수들은 노래를 한 마디도 부르지 않았다. 오디세우스와 같은 적수한테 이길 수 있는 방법은 오로지 침묵하는 것밖에 없다고 믿은 것인지, 아니면 머릿속에 온통 밀랍과 쇠사슬 생각만 하고 있는 오디세우스의 얼굴에서 너무너무 행복해하는 모습을 보고는 그만 노래를 몽땅 까먹었는지, 그건 모른다.

하지만 오디세우스는 바다 요정들의 침묵을 듣지 못했다. 굳이 말로 표현을 해 보자면 그렇다. 그는 바다 요정들이 노래를 하고 있는데, 자신이 조치를 잘 취해서 자기 귀에는 들리지 않는 것이라고 믿었던 것이다. 처음에 그는 바다 요정들이 목을 돌리는 모습이며 심호흡하는 모습, 눈물이 그렁그렁한 눈, 그리고 반쯤 벌리고 있는 입을 흘끔 바라보았다. 하지만 그는 지금 바다 요정들이 그렇게 하고 있는 것도 아리아의 어떤 부분에 해당하는 것이라고 믿었다. 또한 그들이 부르고 있는 아리아는 그의 주변을 감돌다가 스르르 사라져 버릴 것이라고 생각했다. 물론 그의 귓가에는 여전히 들리지 않은 채로 말이다.

하지만 그 모든 것이 아스라이 먼 곳을 바라보는 그의 시선에서 이내 스르르 미끄러지듯 사라져 버렸다. 그가 단호한 태도를 보이자, 바다 요정들은 말 그대로 자취를 감춰 버린 것이다. 그래서 그가 바로 그들 쪽으로 바싹 다가갔을 때, 그는 그들에 대해 알고 있는 게 더 이상은 없었다. 하지만 바다 요정들은— 그 어느 때보다도 아름다운 동작으로—몸을 쭉 펴더니 방향을 틀었다. 그러고는 그 소름끼치는 머리칼을 풀어 헤쳐 바람결에 나부끼게 하고, 발톱을 바위 위에 좍 폈다.

그들은 더 이상 유혹하고 싶은 마음이 없었다. 그들은 다만 오디세우스의 큰 두 눈에서 뿜어져 나오는 빛을 될 수 있는 한 오랫동안 놓치지 않으려고 했을 뿐이다. 만일 바다 요정들에게

의식(意識)이란 게 있었다면, 그들은 그 때 모두 파멸하고 말았을 것이다. 하지만 그들은 그대로 남아 있었고, 단 한 사람 오디세우스만 그들에게서 빠져나온 것이다.

오디세우스 이야기에는 다음과 같은 이야기도 함께 전해 내려온다. 즉 오디세우스는 워낙 여우같이 꾀가 많은 사람이라, 운명의 여신조차도 그의 가장 깊은 속내는 꿰뚫어볼 수 없었다고 한다. 모르긴 해도 그는 바다 요정들이 침묵하고 있었다는 사실을 실제로는 알아차렸을 것이다. 비록 그런 건 인간의 머리로는 좀처럼 파악되지 않는 것이기는 하지만 말이다. 그래서 오디세우스는 바다 요정들과 신들에게 앞서 말한 바와 같이 연극에서나 할 법한 제스처를 취했을 것이다. 그건 바다 요정들과 신들에게 단지 어느 정도만 방패를 들이대는 것 같은 행동이었다.

하찮은 우화

쥐가 말했다.

"아, 날이 갈수록 세상이 좁아지네. 처음엔 너무 넓어서 정말 무서웠지. 난 계속 달렸어. 마침내 저 멀리에 벽이 보였어. 왼쪽에도 있었고 오른쪽에도 있었어. 행복했지. 그런데 그 길고 긴 벽 두 개가 어찌나 빨리 서로 마주 보며 달음질을 치는지, 어느새 내가 제일 끝방에 와 있지 뭐야. 저 구석엔 쥐덫이 있어. 지금 난 그 쪽으로 달려가고 있어."

"방향만 바꿔서 달리면 되잖아."

고양이가 말했다. 그리고 쥐를 잡아먹었다.

아버지의 걱정

어떤 사람들은 '오트라데크(Odradek)'라는 낱말은 슬라브어에서 유래한 것이라고 하면서 그러한 사실을 근거로 해 그 낱말이 어떻게 형성되었는지를 증명하려고 한다. 또 어떤 사람들은 그 단어는 독일어에서 온 것이라고 생각한다. 슬라브어에서는 영향만 받았다는 것이다. 하지만 두 가지 해석 모두 확실하지 않다는 점을 고려해 볼 때, 다음과 같이 결론을 내려도 될 것 같다. 즉 그 어떤 해석도 옳지 않으며, 특히 두 가지 해석 중 그어떤 해석으로도 이 단어의 의미는 알아 낼 수 없다고 말이다.

만약 오트라데크라고 불리는 어떤 것이 실제로 존재하지 않는다면, 그런 연구에 몰두할 사람은 물론 하나도 없을 것이다. 그것은 얼핏 보면 납작한 별 모양의 실패같이 생겼다. 실제로 그것은 실 몇 가닥을 꼬아 만든 꼰실과 무슨 관계가 있는 것 같기도 하다. 물론 그것은 한낱 실꾸리 나부랭이일지도 모른다. 여기저기 툭툭 끊어지고 낡아 이리저리 매듭을 맺어 놓은, 종류도 가지각색이고 색상도 각양각색인 실꾸리 나부랭이 말이다.

하지만 그것은 보통 흔히 보는 그런 실패가 아니다. 별 모양을 하고 있는데, 그 한가운데에는 작은 막대기 한 개가 가로로 삐죽 튀어나와 있다. 그리고 그 막대기에 막대기 한 개가 붙어 있는데, 그 막대기는 오른쪽 귀퉁이 쪽을 향하고 있다. 한 쪽에 이 두 번째 막대기가 있고, 또 다른 쪽에선 별처럼 생긴 그것에서 빛이 뿜어져 나오는 탓에, 그것은 두 다리로 반듯이 서는 것처럼 오뚝 서 있을 수도 있다.

사람들은 이런 모습을 하고 있는 물체는 예전에는 어떤 쓰임에 맞는 모양새를 하고 있었다고, 그런데 이제는 부서진 것이라고 믿고 싶기도 할 것이다. 그런데 아무래도 그런 것 같지는 않다. 적어도 그랬을 것 같은 기미가 하나도 보이지 않기 때문이다. 아무리 눈을 씻고 봐도 그런 점을 암시해 줄 만한 단서도, 어딘가 파손된 부분도 눈에 띄지 않는다.

그것의 전체적인 생김새는 아무런 의미도 없어 보이지만, 나름대로는 완벽해 보인다. 하여튼 이보다 더 자세하게 말할 수는 없다. 오트라데크는 어찌나 동작이 잽싼지 도통 잡히지 않기 때문이다.

오트라데크는 다락 창고, 계단, 현관, 복도를 번갈아가며 왔다갔다 한다. 때로는 몇 달 동안 보이지 않기도 한다. 그럴 때는 이 집, 저 집 제멋대로 돌아다니고 있는 것일 게다. 하지만 그것은 어김없이 우리 집으로 다시 돌아온다. 현관문을 열고 집을 나서려고 하는데, 그것이 계단 난간 아래쪽에 기대고 있는 모습을 보면, 가끔씩은 말을 걸고 싶어진다. 물론 어려운 질문은 하지 않는다. 우리는 그것을 아이 대하듯 한다. 그것이 아주 조그맣기 때문에 자꾸 그렇게 되는 것이다.

"넌 이름이 뭐니?"

우리 식구가 그것에게 묻는다.

"오트라데크."

그것이 말한다.

"어디서 살아?"

"어디서 사는지 정해져 있지 않아."

그것은 그렇게 말하고는 소리 내어 웃는다. 하지만 그건 허파가 없을 때 나올 법한 웃음소리이다. 그 웃음소리는 낙엽이 바스락거리는 소리 같다. 대화는 대개 그런 식으로 끝난다. 하지만 이런 대답들도 언제나 들을 수 있는 건 아니다. 그것은 오랫동안 한 마디도 안 할 때도 많다. 그럴 때는 꼭 나무토막 같다. 우연히 그것을 닮은 나무토막 말이다.

장차 그것에게 과연 어떤 일이 일어날까, 하고 내 스스로에게 물어본다. 하지만 내가 답을 어찌 알리요. 그것도 죽을까?

죽는 것들은 죽기 전까지는 모두 일종의 목표란 게 있고, 어떠어떠한 일을 하며, 그 일을 하느라 몸의 기력이 다한 것이다. 그런 건 오트라데크에게는 해당되지 않는다. 그렇다면 언젠가 내 자식들과 손녀, 손자들의 발 앞에서도 여전히 실타래를 질질 끌면서 계단 아래로 떼굴떼굴 굴러 떨어지기도 할까? 그것이 아무에게도 해를 끼치지 않는다는 것은 분명하다. 하지만 내가 죽은 뒤에도 그것이 살아 있을 것을 생각하면, 거의 고통스럽기까지 하다.

공동체

우리 친구는 모두 다섯이다. 언젠가 우리는 차례로 한 사람씩 어떤 집에서 나왔다. 우선 한 친구가 집에서 나와 대문 옆에 섰고, 그 다음에는 두 번째 친구가 나왔다. 나왔다기보다는 미끄러져 나왔다는 말이 더 맞을 것이다. 수은 방울처럼 스르르 미끄러져 나온 것이다. 두 번째 친구는 그렇게 대문을 나와 첫 번째 친구에게서 멀리 떨어지지 않은 곳에 섰다. 그 다음엔 세 번째 친구가 대문을 나왔고, 그 다음엔 네 번째 친구, 그 다음엔 다섯 번째 친구가 대문을 나왔다. 마침내 우리는 모두 한 줄로 섰다. 사람들은 우리에게 눈길을 보냈다. 그리고 우리를 가리키며 이렇게 말했다.

"저 다섯은 방금 이 집에서 나왔어."

그 뒤로 우리는 함께 살고 있다. 여섯 번째 녀석이 줄기차게 끼어들지 않았다면, 우리는 평화롭게 살았을 것이다. 여섯 번째 녀석은 우리에게 아무 짓도 하지 않는다. 하지만 우리는 그 녀석이 귀찮다. 녀석은 충분히 우리를 골탕 먹인 셈이다. 다들 싫다는데 왜 기어코 쑤시고 들어오려는 것일까? 우리는 그 녀석을 모르고, 또 받아들이고 싶지도 않다. 우리 다섯 명도 예전에는 서로 잘 알지 못했다. 굳이 말한다면 지금도 우리는 서로를 잘 모른다. 하지만 우리 다섯 명에게서는 가능하고, 또 그럭저럭 참을 수도 있는 게 그 여섯 번째 녀석에게는 안 된다. 그 녀석에게는 가능하지도 않고, 녀석은 도대체 참으려고 하지도 않는다. 뿐만 아니라 우리는 다섯이다. 여섯은 싫다. 그리고 이런 식으로 공동생활을 계속하는 게 도대체 무슨 의미가 있단 말인가. 우리 다섯 명에게도 그런 건 아무런 의미가 없다. 하지만 우리는 이미 여섯이서 함께 살고 있고, 앞으로도 그럴 것이다. 그러나 우리는 누군가를 새로 받아들여 새로운 그룹을 만들고 싶지는 않다. 경험상 그렇다. 하지만 그런 것을 어떻게 다 일일이 여섯 번째 녀석에게 가르친단 말인가. 설명을 길게 하는 건 우리 패거리에게는 이미 그 자를 받아들인다는 것을 뜻하는 것이나 다름없다. 우리는 차라리 일절 설명하지 않는다. 그리고 그 자를 받아들이지도 않는다. 그 자가 아무리 입을 삐죽거린다 해도, 우리는 그 자를 팔꿈치로 밀쳐낸다. 하지만 우리가 아무리 밀쳐내도 그 자는 다시 온다.

양동이를 탄 사람

석탄은 다 써 버렸다. 양동이가 텅 비었다. 삽은 있어 봤자 아무 소용이 없다. 난로에서는 한기만 뿜어져 나온다. 방엔 잔뜩 서리가 끼었다. 창문 앞에 있는 나무들은 서리를 맞아 뻣뻣하게 굳어 있다. 하늘은 하늘에 도움을 구하는 자를 떡하니 막고 있는 은빛 방패이다.

난 석탄이 있어야 한다. 얼어 죽으면 정말 안 된다. 내 뒤에는 무정하기 짝이 없는 난로가 있고, 내 앞에는 역시 무정하기 짝이 없는 하늘이 있다. 그러므로 나는 말을 타고 하늘을 날쌔게 가로질러 석탄 가게 한가운데에서 도움을 청하지 않으면 안 된다.

하지만 석탄 가게 주인은 내가 의례 하는 부탁에는 이미 무신경해진 지 오래다. 내게는 석탄 부스러기가 하나도 남아 있지 않으니, 그가 내게는 바로 창공에 떠 있는 태양을 의미한다는 것을 그에게 아주 상세하게 증명해 보여야 한다.

난 거지 같은 모습으로 가야 한다. 허기진 나머지, 숨도 제대로 쉬지 못해 문지방에서 서서히 고통스러워하며 죽어가는 거지, 그래서 주인집 여자 요리사가 다 마시고 남은 커피 앙금을 따라 주기로 결심하게 되는, 그런 거지 같은 꼴로 가야 하는 것이다.

석탄 가게 주인도 꼭 그렇게 석탄을 한 삽 그득 퍼, 내 양동이에 담아 줄 것이다. 불같이 화는 내겠지만, "살인하지 말라!"는 계명의 빛 아래서 그렇게 할 것이다. 내가 탈 것을 타고 위로 올라가면 결정이 날 것이다. 그렇기 때문에 나는 양동이를 타고 달리는 것이다. 양동이를 탄 기수가 되어 한 손을 양동이 위쪽 손잡이에 올려놓고—그건 이 세상에서 가장 단순한 굴레(*말이나 소 따위를 부리기 위해 머리와 목에서 고삐에 걸쳐 얽어매는 줄)이다—힘겹게 계단을 돌아 계단 밑으로 내려간다.

하지만 계단을 다 내려가면, 내 양동이는 위로 솟아오른다. 위풍당당하게 올라가는 것이다. 정말 위풍당당하다. 바닥에 넙죽 엎드려 있다가 낙타를 끄는 사람의 막대기 밑에서 몸을 털며 일어나는 낙타도 이보다 더 멋지게 일어서지는 못할 것이다. 내 양동이는 꽁꽁 얼어붙은 골목길을 말이 일정한 속도로 속보를 하듯 간다. 건물의 2층 높이까지 난 자주 올라가게 된다.

난 한 번도 석탄 가게 현관문까지 가라앉지는 않는다. 나는 그 가게 석탄 창고 앞에서 높이높이 둥둥 떠다닌다. 석탄 가게 주인은 저 아래 깊숙한 곳에 있다. 그는 자그마한 자기 책상에 쪼그리고 앉아 뭔가를 쓰고 있다. 후끈후끈한 열기를 내보내기 위해서 그는 문을 열어 놓고 있었다.

"석탄 가게 아저씨!"

나는 추워서 바짝 타 버린 듯한 목소리로 외쳤다. 연기가 자욱하게 피어오르듯 입김이 내 주위를 감쌌다.

"석탄 가게 아저씨, 제발 석탄 조금만 주세요. 양동이가 벌써 동이 났어요. 그래서 그걸 타고 다닐 수도 있게 되었지요. 인정을 좀 베풀어 주세요. 돈은 되는 대로 드릴게요."

가게 주인은 귀에 손을 갖다 댔다.

"내가 제대로 들은 건가?"

그가 고개를 돌려 난로 옆 의자에 앉아 뜨개질을 하고 있는 자기 아내에게 물었다.

"내가 제대로 들은 거야? 손님이 왔나 봐."

"아무 소리 안 났는데."

여자는 등짝이 기분 좋게 따스했다. 그녀는 뜨개바늘 위로 평온하게 숨을 내쉬었다 들이쉬었다 하면서 그렇게 말했다.

"그래요, 맞아요. 저예요. 단골이잖아요. 이 가게밖에 모르는 단골이요. 지금 당장은 돈이 없지만요."

내가 소리를 질렀다.

"여보, 누가 온 거야. 누가 온 거 맞다구. 내가 착각을 해도 유분수지. 정말 오래된 단골이 온 게 틀림없어. 이렇게 내 가슴에 대고 말하는 법을 알잖아."

석탄 장사가 말했다.

"당신, 왜 그래?"

여자가 말했다. 그녀는 잠시 뜨개질을 멈추고 뜨개질감을 가슴에 살포시 눌렀다.

"오긴 누가 와. 골목이 텅 비었는데. 우리 단골들은 다 석탄을 갖다 드렸잖아. 우리, 며칠 동안 가게 문 닫고 쉬어도 되겠어."

"하지만 전 여기 양동이 위에 앉아 있잖아요."

내가 소리를 질렀다. 눈물이 주르르 흘러내리지만, 추위 때문에 아무런 느낌도 없다. 눈앞이 흐려진다.

"제발 두 분 다 위를 좀 올려다봐요. 제가 금방 보일 거예요. 석탄 한 삽만 가득 주세요. 두 삽 주시면 좋아서 춤이라도 출 거예요. 다른 손님들한테는 이미 모두 석탄을 갖다 주셨잖아요. 아, 지금 양동이 속에서 석탄이 달그락달그락하는 소리가 나면 얼마나 좋을까!"

"지금 갑니다."

가게 주인이 말하고는 짤막한 다리로 지하실 계단을 올라가려고 한다. 하지만 그의 아내는 어느새 그 곁에 와서 그의 팔을 꽉 잡고 이렇게 말한다.

"당신 가지 말고 여기 있어. 당신 계속 고집 피우면, 내가 올라가 볼 거야. 당신 오늘 밤에 기침 심하게 할 거 좀 생각해 봐. 하지만 당신은 장사할 욕심에 마누라고 자식이고 다 잊어버리고 당신 폐를 망치려고 하고 있어. 머릿속으로 이상한 걸 상상했을 뿐인데 말이야. 내가 갈게."

"그럼 그 사람한테 우리 창고에 있는 석탄 종류를 몽땅 가르쳐 줘. 가격은 내가 여기서 당신한테 큰 소리로 불러 줄게."

"알았어."

여자가 말하고는 골목길로 올라간다. 물론 그녀는 나를 곧바로 본다.

"석탄 가게 아주머니"

내가 외친다.

"별고 없으셨나요? 석탄 한 삽만 주세요. 지금 여기 양동이에다 당장이요. 제가 집에 직접 갖고 갈게요. 제일 나쁜 걸로 한 삽만 주세요. 물론 값은 다 쳐 드릴게요. 하지만 지금 당장은 못 드려요. 지금은 안 돼요."

'지금은 안 돼요'라는 세 마디 말은 정말 무슨 종소리 같다! 또한 그 세 마디는 가까운 교회 탑에서 들려오는 저녁 종소리와 뒤섞여 어찌나 사람 마음을 심란하게 하는지!

"그래, 그 사람이 뭘 달래는 거야?"

가게 주인이 물었다.

"달래긴 뭘 달래. 달래는 거 없어. 내 눈엔 아무것도 안 보이는데. 아무 소리도 안 나고. 여섯 시를 알리는 종소리밖에 안 나는 걸. 우리 그만 가게 문 닫자. 엄청 춥네. 내일은 일할 게 많겠어."

아내가 대꾸한다. 그녀는 아무것도 보이지 않고 아무것도 들리지 않는다. 그런데도 그녀는 앞치마 끈을 풀더니 앞치마를 흔들며 나를 쫓아 버리려고 한다. 유감스럽게도 그 일은 그녀 뜻대로 된다. 내 양동이는 말이나 낙타처럼 타고 다닐 수 있는 좋은 동물이 갖고 있는 장점이란 장점은 다 있다. 하지만 저항력은 없다. 내 양동이는 너무 가볍다. 여자 앞치마 하나에도 양동이의 다리들이 땅바닥에서 내몰리고 마는 것이다.

"못된 여자 같으니. 못된 여자 같으니! 제일 나쁜 석탄을 달라고 부탁했는데, 그것도 안 주다니."

그녀가 가게 쪽으로 돌아서면서 반은 경멸조로, 반은 뿌듯해하면서 손을 허공에 휘두르는 것을 보고 내가 냅다 소리를 지른다. 그리고 빙산 지대로 올라가 다시는 사람들 눈에 보이지 않게 사라져 버린다.

다리

난 견고하고 차가웠다. 나는 다리였다. 어느 절벽 위에 난 놓여 있었다. 절벽 양쪽에는 구멍을 뚫어 이 편에는 두 발끝이, 저 편에는 두 손이 들어가 있었고, 잘게 부서지는 점토 속에서 난 입으로 날 꼭 물고 있었다. 떨어지지 않기 위해서였다. 내 웃옷의 옷자락이 옆구리 쪽에서 팔랑팔랑 나부꼈다.

절벽 저 아래 깊은 곳에서는 얼음같이 차갑고, 송어가 있는 시내가 요란한 소리를 내고 있었다. 길이라곤 없는 이런 꼭대기에 길을 잃고 잘못 들어선 관광객은 한 명도 없었다. 다리는 지도에도 아직 기입되지 않았다. 그렇게 난 누운 채로 기다렸다. 기다리지 않을 수가 없었다. 한 번 설치된 다리는 무너져 내리지 않고서는 다리라는 걸 그만 둘 수는 없는 법이다.

어느 날 저녁 무렵이었다. 첫 번째 저녁이었는지, 천 번째 저

녁이었는지 그건 모르겠다. 내가 하는 생각들은 언제나 뒤죽박
죽인 채로 빙빙 돌고 있었다. 여름 날 저녁 무렵에 시냇물이 한
층 어두운 소리로 좔좔 흐르고 있었다. 그 때 어떤 남자의 발자
국 소리가 들렸다! 나한테 오고 있는 것이었다. 나한테. 다리야,
몸을 좍 뻗어. 몸가짐을 바르게 해. 난간이라곤 없는 들보야, 널
믿고 자신을 맡긴 그 사람을 잘 받쳐 줘. 그 남자의 걸음걸이가
위태로우면, 아무도 모르게 살짝 균형을 잡아 주렴. 하지만 그
가 비틀거리면, 그 때는 네 신분을 밝히고, 산신령처럼 그를 땅
이 있는 쪽으로 휙 내던져 버려.

그가 왔다. 그는 지팡이 끝의 쇠징으로 날 톡톡 쳤다. 그리고
내 웃옷 자락을 들어 올리더니 내 몸 위에 가지런히 올려놓았
다. 그는 지팡이 끝으로 내 숱 많은 머리칼을 쓱 그어 보더니 -
아마도 험상궂은 얼굴로 주위를 둘러보았을 것이다- 지팡이를
그대로 내려놓았다. 지팡이는 오랫동안 내 머리칼 속에 그대로
있었다.

하지만 그 다음에는 -난 마침 그를 따라 산 너머, 계곡 너머
저 멀리 아득한 곳을 생각하며 몽상에 잠겼다- 그가 두 발로 내
몸뚱이 한가운데로 껑충 뛰어올랐다. 나는 어찌된 영문인지 전
혀 알지 못한 채 격렬한 통증으로 몸서리를 쳤다. 그 사람은 누
굴까? 아이일까? 한낱 하나의 꿈일까? 노상강도일까? 자살을
하려는 자일까? 악마일까? 파괴자일까?

    나는 그를 보기 위해 몸을 돌렸다. 다리가 돌아눕다니! 아직
몸을 다 틀지도 않았는데, 난 벌써 무너져 내리고 있었다. 나는
무너지고 있었던 것이다.

    난 벌써 갈가리 찢겨졌다. 그리고 콸콸 요란한 소리를 내며
흘러가는 시냇물 속에서 자나 깨나 마냥 천진한 얼굴로 눈을
동그랗게 뜨고 날 빤히 바라보던 뾰족뾰족한 조약돌들이 날 마
구 콕콕 찔러 대고 있었다.

일상에서 흔히 겪게 되는
혼란의 한 예

일상적인 사건에 대해 말하면 다음과 같다. 그런 것을 견디어 내다 보면, 보통은 혼란스러워지고 당혹하게 된다.

A는 H에서 사는 B와 중요한 사업을 매듭지어야 한다. 그는 사전 토의를 하려고 H로 간다. 그 쪽으로 가는 시간이나 다시 돌아오는 시간은 모두 10분이 채 걸리지 않는다. 그는 집에 돌아와서 그토록 신속하게 다녀온 것에 대해 뿌듯해한다.

이튿날 그는 다시 H로 간다. 이번에는 사업을 최종적으로 체결하기 위해서이다. 그 일을 하는 데 몇 시간이 들 것으로 예상되어 A는 날이 밝기가 무섭게 떠난다. 하지만 모든 부대 상황들이 적어도 A의 생각으로는 그 전날과 하나도 다르지 않은데도, 이번에는 H로 가는 데 무려 10시간이나 걸린다. 그가 저녁에 완전히 녹초가 된 상태로 그 곳에 도착하자, 사람들은 그에게 B

는 A가 오지 않자 화가 나서 30분 전에 A가 사는 마을로 갔으므로, 두 사람은 당연히 도중에 만났어야 했다고 말한다. 사람들은 A에게 기다려 보라고 충고한다. 하지만 A는 사업 때문에 걱정이 되어 그 길로 그 곳을 떠나 서둘러 집으로 간다.

그는 이번에는 별로 신경을 쓰지 않았는데도 눈 깜빡할 사이에 같은 길을 되돌아온다. 집에 온 그는 자신이 집을 떠난 뒤 곧바로 B가 자기 집에 왔다는 사실을 알게 된다. B는 A를 A의 집 대문에서 만나 그에게 사업에 대해 상기시켰는데, A가 지금은 시간이 없다면서 급히 갈 데가 있다고 했다는 것이다.

하지만 좀처럼 이해가 되지 않는 A의 이러한 행동에도 B는 이 곳에서 A를 계속 기다리고 있었다고 한다. 그는 A가 집에 돌아오지 않았냐고 지금까지 여러 차례 물어보았으면서도, 아직도 위층 A의 방에 있다고 한다. A는 이제라도 B와 이야기를 나눌 수 있고, 또 그에게 모든 것을 해명할 수 있다는 사실에 기뻐하면서 계단을 올라간다.

계단을 거의 다 올라간 순간, 그는 그만 발이 삐끗하면서 고꾸라진다. 발목을 삔 탓에 그는 너무나 고통스러워 실신할 것만 같다. 소리 지를 힘도 없어서 어둠 속에서 끙끙거리고만 있는데, B가─아주 먼 데 있는 건지 그 바로 옆에 있는 건지 분명치 않다─씩씩거리면서 계단을 쿵쿵 내려가는 소리가 들린다. 이내 그 소리는 아주 사라져 버린다.

일상에서 흔히 겪게 되는 혼란의 한 예

독신남의 불행

평생을 독신으로 산다는 것은 정말 괴로운 일인 듯하다. 저녁 때 문득 사람들과 함께 시간을 보내고 싶을 때는 나이가 지긋한 남자니만큼 짐짓 위신을 잃지 않고 품위 있게 자신도 끼어달라고 부탁을 해야 하고, 몸이 아프기라도 하면 자기 방 침대 구석에서 몇 주 동안 텅 빈 방안을 멍한 시선으로 뚫어져라 바라봐야 하고, 언제나 현관 문 앞에서 사람들과 작별을 해야 하고, 아내와 함께 나란히 계단을 올라가는 법이 한 번도 없고, 자기 방에는 옆문이 있지만 그 문들은 한결같이 다른 집들로 통하는 문일 뿐이고, 저녁에 먹을 음식도 한 손에 들고 집에 와야 하고, 모르는 아이들을 놀란 눈으로 멍하니 바라봐야 한다. 하지만 다음과 같은 말을 자꾸 되뇌면 안 된다.

"난 애도 없어."

또한 결혼하지 않고 혼자 사는 남자는 외모나 행동거지도 어린 시절에 보았던 독신남 한두 명을 떠올리고 그들이 하던 대로 따라해야 되는데, 그것 역시 괴로운 일일 것이다. 결국은 그들을 따라하게 될 것이다. 다만 그들과 한 가지 다른 점이 있다면, 오늘도, 그리고 훗날에도 그는 육체와 진짜 머리, 말하자면 손으로 칠 수 있는 이마를 실제로 가지고 있는 존재로 서 있다는 점, 그것 하나뿐이다.

이웃 마을

우리 할아버지께서는 곧잘 이런 말씀을 하시곤 했다.

"인생이란 건 정말 짧은 거야. 이제 와 돌이켜보니 한 마디로 말할 수 있단다. 예를 들면 어떤 젊은이가 겁도 없이 덜컥 말을 타고 이웃 마을로 가겠다고 결심을 내릴 수 있다는 게 영 납득이 안 간다고 말이야. 우연히 겪게 되는 불행한 일들은 모두 제쳐 놓는다 해도, 아무 탈 없이 무사히 흘러가는 일상적인 삶의 시간이란 것도 그렇게 말을 타고 가기엔 턱없이 모자란다는 사실을 조금도 두려워하지 않고 말이야."

법 앞에서

　법 앞에 문지기가 서 있다. 이 문지기에게 한 시골 사람이 와서 법 안으로 들어가게 해 달라고 부탁한다. 하지만 문지기는 그에게 지금은 들어가게 해 줄 수 없다고 말한다. 시골 남자는 곰곰 생각을 하다가 그럼 나중에는 들어가도 되냐고 묻는다.

　"그럴 수 있어요. 그렇지만 지금은 안 돼요."

　문지기가 말한다. 법으로 들어가는 문은 늘 그랬던 것처럼 활짝 열려 있고, 문지기도 문 옆으로 비켜났기 때문에, 시골 사람은 몸을 굽히고 문 안쪽을 들여다보려고 한다. 문지기는 그 모습을 보고 하하 웃으며 말한다.

　"그렇게 들어가고 싶으면, 내가 못 들어가게 막아도 한번 들어가 보세요. 하지만 한 가지만 명심하세요. 난 힘이 막강해요. 그래도 난 가장 말단에 있는 문지기예요. 하지만 홀을 하나씩 지날 때마다 그 앞에 문지기가 한 명씩 서 있지요. 갈수록 문지기 힘은 세집니다. 세 번째 문지기의 모습만 봐도 난 벌써 견딜 수가 없을 정도예요."

시골 사람은 그런 어려운 점들이 있으리라고는 미처 예측하지 못했다. 그가 생각하기로는 무릇 법이란 것은 언제 어느 때건, 또 누구에게건 열려 있어야 하는 것이다. 하지만 모피 외투를 입고 있는 문지기를 찬찬히 뜯어보고 난 지금 ─ 커다란 매부리코, 별로 숱이 없고 길며 타타르인 같은 검은색 수염 ─ 그는 입장하라는 허가를 받을 때까지 차라리 기다리기로 결심한다.

문지기는 그에게 등받이 없는 의자를 주며 문 옆쪽으로 가서 앉으라고 한다. 그 곳에서 그는 앉아 있다. 며칠이 지나고 몇 년이 지난다. 들어가도 좋다는 허락을 받기 위해 그는 이것저것 안 해 본 게 없고, 또 문지기에게 자꾸 부탁을 해 그를 지치게 한다.

문지기는 그에게 이따금씩 간단한 심문을 한다. 고향에 대해 묻기도 하고, 그 밖의 다른 것에 대해서도 많이 묻는다. 하지만 그런 질문들은 신분이 높으신 양반들이 보통 건성으로 잘 던지는 질문일 뿐이다. 하지만 문지기는 매번 꼭 끝에 가서는 아직은 그를 들여보내 줄 수 없다고 말한다. 그 남자는 여행 오면서 많은 것을 챙겨 왔는데, 아무리 귀한 것이라도 문지기를 매수하기 위해서는 서슴지 않고 척척 다 내놓는다. 문지기는 주는 대로 넙죽넙죽 다 받으면서도 번번이 이렇게 말한다.

"내가 이런 걸 받는 건, 자네가 혹시 할 수 있는 건 다 해 볼 걸, 하는 생각이 안 들라고 하는 거지, 딴 뜻은 없어요."

여러 해가 지나는 동안, 그 남자는 문지기를 거의 한눈 팔지 않고 관찰한다. 그는 다른 문지기들은 새까맣게 잊어버리고, 이 첫 번째 문지기가 자신을 법 안에 들어가지 못하게 막는 유일한 방해꾼같이 보인다. 처음 몇 해 동안, 그는 불행한 우연에 대해 큰 소리로 마구 저주를 퍼부어 대더니, 세월이 흘러 노인이 된 뒤에는 그저 혼잣말로 꿍얼거릴 뿐이다.

그는 어린애처럼 유치해진다. 수년 동안 문지기를 연구한 결과, 그는 문지기 모피 외투 깃에 있는 벼룩도 알아보게 된다. 그는 벼룩들한테 자기를 좀 도와 달라고 부탁한다. 문지기 마음을 돌려 달라고 말이다.

마침내 그는 시력이 약해진다. 실제로 주변이 조금 더 어두워진 건지, 아니면 잘 보이지 않는 건지 그는 통 알 길이 없다. 하지만 이제 그는 어두움 속에서 한 줄기 빛을 똑똑히 알아본다. 그 빛은 법의 문 쪽에서 흘러나오는데 좀처럼 꺼질 줄을 모른다. 이제 그는 살 날이 얼마 남지 않았다. 죽음을 앞둔 그의 머릿속에서는 거기서 보낸 세월 동안 겪은 모든 경험들이 단 하나의 질문으로 모아진다. 지금껏 그는 문지기에게 그런 질문은 던지지 않았다. 그는 문지기에게 눈짓을 한다. 몸이 뻣뻣하게 굳어가고 있어서 똑바로 일으켜 세울 수가 없기 때문이다.

문지기는 그 쪽으로 몸을 낮게 굽히지 않으면 안 된다. 그 사이 시골 사람의 키가 많이 줄어들어서 두 사람의 키 차이가 많이 났기 때문이다. 시골 사람 입장에서 보면 무척이나 불리한 일이 아닐 수 없다.

"또 뭘 더 알고 싶은 거야? 자네, 참 질긴 사람이군."

문지기가 말한다.

"누구나 다 법을 얻고자 있는 힘을 다해 노력하지요. 그 긴 세월 동안 법 안에 들어가게 해 달라고 요구하는 사람이 왜 나 혼자밖에 없는 거죠?"

그 남자가 물어본다. 문지기는 그 남자에게 이미 죽음이 가까워졌다는 사실을 알아차리고는 가물가물하는 그의 귀에 들리게끔 고함을 질러 댄다.

"여기서는 아무도 허락 못 받아. 이 입구는 자네 한 사람만 들어갈 수 있게 되어 있는 거니까. 이제 난 가서 문을 닫아야겠어."

비유에 대해서

현자들이 하는 말이란 언제나 비유일 뿐, 일상생활에서는 하나도 적용될 수 없는 것이라고 불평하는 사람들이 많다. 그런데 우리에게는 일상생활밖에 없다. 만일 현자가 "저쪽으로 가라."고 말을 한다면, 그건 길 저쪽으로 가라는 뜻이 아니고—그 길로 가니 결과적으로 과연 가치가 있다고 할 경우, 우리는 얼마든지 그렇게 할 수도 있을 것이다—전설에서나 나오는 어떤 저쪽을 뜻하는 것이다.

그것은 우리가 모르는 어떤 것이고, 그 자체로도 좀 더 상세하게 표현될 수 없는 어떤 것이라, 여기 살고 있는 우리에게는 조금도 도움이 되지 않는다. 이러한 모든 비유들은 원래 이해가 안 되는 것은 결국 이해되지 않는다는 사실을 말할 뿐이다. 우리는 일찍이 그러한 사실을 알고는 있다. 하지만 우리가 매일같이 낑낑대며 고생하는 것은 다른 것들이다.

하여 어떤 이는 이렇게 말했다.

"너희들은 왜 버티는 거야? 너희들이 비유를 따르면, 너희들 스스로가 비유가 될 테고, 그렇게 되면 매일매일의 노고에서 벗어나게 될 텐데."

그 말에 다른 사람도 한 마디 했다.

"장담하건데 그것도 비유야."

첫 번째 사람이 말했다.

"네가 이겼어."

두 번째 사람이 말했다.

"하지만 유감스럽게도 비유적으로만 이긴 거지."

첫 번째 사람이 말했다.

"그렇지 않아. 현실에서 이긴 거야. 비유적인 차원에서는 진 거고."

제 3 부

선고 외

학술원에 드리는 보고

고매하신 학술원 회원 여러분!

선생님들께서는 예전에 내가 원숭이로 살던 시절에 대한 보고서를 학술원에 제출하라고 요청하셨습니다. 정말 영광스러운 일입니다. 유감스러운 일이지만 나는 그 요구에 응할 수가 없습니다. 원숭이로 살지 않은 지가 거의 5년이 되기 때문입니다. 달력상으로 보면 그건 얼마 안 되는 짧은 세월일 수도 있지만, 내가 지금까지 줄곧 질주해 온 것에 비하면 한없이 긴 시간입니다. 어떤 구간에서는 뛰어난 사람들이 나와 함께해 주기도 했고, 또 어떤 구간에서는 사람들이 충고도 해 주고, 박수갈채도 보내고, 관현악 반주도 해 주었습니다.

하지만 엄밀히 보면 난 혼자였습니다. 왜냐하면 사람이건 충고건 나를 동반했던 건 한결같이 바리케이드에서 멀찌감치 떨어진 곳에 있었기 때문입니다. 비유적으로 말씀드리면 그렇습니다.

내가 계속 고집스레 내 출신에 집착하고 어린 시절 추억에 매달렸다면, 그와 같은 성과는 이루어내지 못했을 겁니다. 고집 같은 건 일절 부리지 않는 것, 그게 바로 내가 내 스스로에게 부과한 최고 규범이었지요. 나, 자유로운 원숭이는 이 멍에에 순응했습니다.

하지만 그렇게 하고 나니까 추억이 하나 둘 잊혀졌습니다. 혹 인간들이 바라는 대로 내가 예전에 살던 그 세계로—하늘이 지상에 세운 문을 통해 가는 것이지요— 돌아간다고 칩시다. 그 문은 예전엔 온전한 문이었지만, 내가 채찍질하다시피 하며 앞만 보고 계속 발전을 하는 통에 차츰차츰 높이가 낮아지고 폭도 좁아졌지요.

나는 인간 세상이 한결 편안했습니다. 인간 세상에 속하는 듯한 기분도 들었습니다. 내 과거로부터 계속 내게 세차게 불어닥치던 폭풍우는 잠잠해졌습니다. 요즘은 바람이 불어도 내 발 뒤꿈치나 시원하게 해 주는 한 줄기 바람일 뿐이지요.

또한 아득히 먼 곳에 있는 구멍, 바람이 불어오고 있는 그 구멍, 그리고 내가 예전에 지나왔던 그 구멍은 이제는 너무나도 작아진 탓에, 설사 그 곳까지 되돌아갈 수 있는 힘과 의지가 충분히 있다 해도 그 구멍으로 지나가려면, 나는 내 몸에 있는 가

죽을 아마도 벗겨내야 할 것입니다.

솔직히 말씀드리면, 난 이러한 것들을 거론할 때는 곧잘 비유를 들어 말하기도 합니다. 솔직히 말씀드리면 이렇습니다. 학술원 회원 여러분, 예전에 선생님들에게 원숭이의 특질이 있었다면, 지금도 선생님들에게는 그러한 특질이 남아 있는 것입니다. 내게 원숭이의 특질이 남아 있는 정도에 비교해 선생님들의 원숭이 특질이 훨씬 더 적게 남아 있다고 볼 수는 없는 것이지요.

하지만 그러한 원숭이의 특질이 이 세상의 땅 위를 걸어 다니는 건 무엇이건 간에 발뒤꿈치를 간질이지요. 작은 침팬지든 위대한 아킬레스든 다 그렇습니다. 선생님들 질문에 답을 해드릴 수는 있습니다. 하지만 극히 제한된 범위 안에서만 그렇게 할 수 있을 겁니다. 선생님들께 대답을 올리는 게 무척 기쁘기까지 합니다.

내가 제일 먼저 배운 건 악수를 하는 것이었습니다. 악수라는 건 서로 마음을 툭 터놓는다는 걸 입증하지요. 내 삶의 절정기라고 할 수 있는 오늘에야 비로소 내가 예전에 했던 그 첫 번째 악수에 대해 솔직한 내 심정을 덧붙일 수 있을 것 같습니다. 하지만 내가 그런 말을 한다 해도 학술원에 본질적으로 새로운 사실을 알려 주는 바는 없을 것이며, 또한 여러분이 내게 요구한 것에도, 그리고 내가 아무리 애를 써도 말로는 할 수 없는 것에도 훨씬 못 미칠 겁니다. 그렇지만 예전에 원숭이로 살던 존재가 어떤 지침에 입각하여 인간들의 세계에 쑤시고 들어와 무사히 정착하게 되었는지, 그 기본 방침은 보여 줄 겁니다.

하지만 내 스스로에 대해 확신도 없고, 문명화된 세계의 모든 대규모 버라이어티쇼 극장 무대에서 내 지위가 확고하게 자리 잡지 않았다면, 지금부터 해 드릴 보잘것없는 이야기를 난 한 마디도 하지 못했을 게 분명합니다.

나는 황금 해안에서 왔습니다. 내가 어떻게 잡혔는지에 대해서는 사람들이 작성한 보고서대로 말씀드리겠습니다. 저녁 때, 나는 무리 한가운데 끼여 물을 마시러 가고 있었습니다. 그 때 하겐베크회사 소속의 한 사냥 원정대가—원정대 대장과 저는 그 뒤로 맛좋은 붉은 포도주를 꽤 여러 병 마셨지요—해안가 덤불 속에 매복하고 있다가 총을 쏘았습니다. 그런데 총을 맞은 건 나 혼자였지요. 난 총알을 두 방이나 맞았습니다.

총알 한 개는 뺨에 맞았습니다. 살짝 스치고 지나갔지요. 하지만 뺨털이 완전히 밀려 없어지고 크고 뻘건 흉터를 남겨 놓았습니다. 그 흉터는 내게 불쾌하기 짝이 없는 이름, 내게는 조금도 어울리지 않는 이름을 붙여 주었습니다. 빨간 페터라는 이름을요. 그 이름은 틀림없이 어떤 원숭이 머리에서 나왔을 겁니다. 마치 내가 얼마 전에 뒈져 버린 원숭이, 널리 알려진 그 길들여진 동물 원숭이 페터와 뺨에 난 붉은 점 하나만 다른 것같이 말입니다. 물론 이건 말이 나온 김에 드린 말씀입니다.

두 번째 총알은 허리 아래쪽에 맞았습니다. 상처가 심했죠. 지금도 내가 다리를 조금씩 저는 건 다 그 때문입니다. 나에 대해 이러쿵저러쿵 신문에 떠들어 대는 경망스러운 사람이 무려 만 명이나 되는데, 최근 들어 난 어떤 사람의 글을 읽었습니다. 내 원숭이 본성이 아직도 완전히 다 억제된 건 아니라고 씌어 있더군요. 사람들이 찾아오면, 내가 총알이 뚫고 들어온 자리를 보여 주기 위해 신이 나서 바지를 훌렁훌렁 벗는데, 그게 그 증거라는 겁니다.

그런 자는 글 쓰는 손의 손가락을 모조리 똑똑 부러뜨려 버려야 합니다. 나는, 나는 내가 좋아하는 사람 앞에서는 바지를 벗을 수 있습니다. 바지를 벗어 봐야 말끔하게 손질이 잘 된 털과 ─지금 이 말을 하는 목적이 특별히 있으니만큼 낱말 또한 특별한 걸 골라 사용하기로 하지요. 물론 그 단어에 대해 오해는 하지 마시기 바랍니다─ 무자비한 총격을 받고 생긴 흉터밖에 보이지 않을 겁니다. 모든 게 훤히 드러나지요. 아무것도 숨길 수 없는 겁니다. 진실을 밝히기 위해서는, 성품이 고결한 사람들은 누구나 할 것 없이 지극히 세련된 예의범절 따위는 모두 내팽개쳐 버리지요.

하지만 만일 그 글을 쓴 자가 손님이 찾아올 때마다 매번 바지를 벗는다면, 그건 물론 얘기가 달라질 겁니다. 나는 그 자가 그런 짓을 하지 않는다는 사실을 그가 이성을 지니고 있다는 증거로 보고 싶습니다. 그러니 그 자도 그 섬세한 감각으로 내 마음을 헤아려 제발 날 괴롭히지 않을 수도 있는 것 아닐까요!

총알을 맞은 뒤, 난 다시 정신을 차렸습니다. 정신을 차리고 보니 짐승을 가두는 우리 안이었지요. 거기서부터는 조금씩 기억이 납니다. 하겐베크회사의 증기선 중간 갑판에 그 우리가 있었지요. 그 우리는 사면이 모두 쇠창살로 되어 있지는 않았습니다. 삼면만 쇠창살로 되어 있었고, 그 삼면을 궤짝에 고정시켜 놓았던 거지요. 말하자면 궤짝이 네 번째 면이었던 셈입니다. 우리는 너무 낮아서 똑바로 일어설 수도 없었고, 너무 좁아서 바닥에 앉을 수도 없었습니다.

그래서 난 무릎을 구부리고는 쪼그리고 앉았습니다. 무릎이 계속 바르르 떨렸습니다. 처음에 난 그 누구도 보지 않고 그냥 계속 어둠 속에 있고 싶었던 것 같습니다. 그래서 궤짝 쪽으로 돌아앉았지요. 그러면 뒤에선 쇠창살이 살 속으로 삐직삐직 밀고 들어왔습니다. 야생 동물을 잡으면 처음엔 그렇게 가두어 두는 게 좋다고 인간들은 말하는데, 지금까지 내가 겪은 바에 따르면, 그런 방법은 사실 인간의 입장에서는 적당한 방법이라는 것을 부인하지는 못하겠습니다.

하지만 당시에 난 그런 생각은 미처 하지 못했습니다. 나는 생전 처음으로 출구가 없는 절망적인 상황에 처해 있었던 겁니다. 적어도 앞으로 나아갈 수는 없었지요. 내 앞에는 궤짝이 있었기 때문입니다. 그건 판자를 단단하게 붙여 만든 것으로 판자와 판자 사이에는 틈이 길게 나 있었습니다. 처음에 그 틈을 발견하고는 아무것도 모른 채 너무나도 좋아서 마구 울부짖었습니다. 하지만 이 틈새는 꼬리도 들이밀 수 없을 만큼 좁았지요. 원숭이가 제 아무리 용을 써도 그 틈새는 벌려 놓을 수 없었습니다.

훗날 사람들이 그러더군요. 내가 그 때 거의 소란을 떨지 않아서 머지않아 틀림없이 죽어 버릴 것이라고 추측했다고요. 그러나 만일 내가 죽지 않고 위험하기 짝이 없는 그 첫 번째 고비를 무사히 넘기고 살아남기만 하면, 훈련은 정말 잘 시킬 수 있겠다는 생각이 들었다고 합니다. 나는 그 시기를 무사히 넘기고 살아 남았습니다. 소리 죽여 흐느껴 울기, 고통스럽기만 한 벼룩 잡기, 야자열매 한 개를 놓고 지겨워질 때까지 핥고 또 핥기, 궤짝을 머리로 박기, 인간이 가까이 다가오면 혀를 쑥 내밀기, 이런 것들이 새로운 삶을 살면서 내가 처음 한 일이었습니다.

하지만 이런 짓을 하건 저런 짓을 하건 내가 느끼는 것은 딱 한 가지뿐이었습니다. 출구가 없다는 것이었지요. 물론 난 당시에 내가 원숭이들 식으로 느낀 것을 오늘날엔 인간의 언어로밖에 묘사를 하지 못하니까, 왜곡시켜 말할 수도 있을 겁니다. 하지만 비록 내가 원숭이의 오래된 진실에 더는 이르지 못한다

하더라도, 적어도 내가 묘사하는 방향에는 그 진실이 담겨 있습니다. 그 점에 대해서는 의심할 여지가 없습니다.

그 전까지는 출구가 참으로 많았습니다. 그런데 이제는 단하나의 출구도 없었지요. 난 옴짝달싹할 수 없게 된 것이었습니다. 하지만 설령 사람들이 내 몸에 못을 박아 놓았다 하더라도 어느 한 곳에 매이지 않고 자유롭게 돌아다니고 싶은 내 의지는 결코 줄어들지 않았을 겁니다. 왜 그랬을까요? 상처가 날 때까지 발가락 사이를 박박 긁어 봐도 왜 그런지 그 이유를 찾지 못했을 겁니다. 등과 엉덩이를 쇠창살에 꽉 대어서 몸뚱이가 두 동강이가 날 지경이 되어도 그 이유를 찾지 못했을 겁니다.

난 출구가 없었습니다. 하지만 어떻게든 출구를 하나 만들어야 했습니다. 출구가 없으면 살 수가 없었으니까요. 언제까지나 그 궤짝 벽에 딱 붙은 채 앉아 있었다면, 난 영락없이 죽어 버렸을 겁니다. 하지만 하겐베크회사 원숭이들은 궤짝 벽에 달라붙은 채 갇혀 있었습니다. 그래서 난 원숭이로 사는 걸 중단하기로 했습니다. 그건 내가 아주 명료하고도 멋지게 사고해 낸 결과였지요. 그건 내가 배(腹)로 어찌어찌 꾀를 써서 궁리해 낸 게 분명합니다. 원숭이들은 배로 생각을 하기 때문입니다.

출구란 말을 내가 지금 쓰고 있는데, 행여 여러분들이 그 말 뜻을 제대로 이해하지 못할까 봐 솔직히 걱정이 됩니다. 난 그 낱말을 가장 일반적인 의미로, 그리고 그 뜻이 가장 온전히 반영된 의미로 사용하는 겁니다. 자유라는 말을 난 의도적으로 쓰지 않는 겁니다. 나는 출구라는 단어를 사용할 때, 사방팔방으로 활짝 펼쳐져 있는 자유에 대한 저 위대한 느낌을 말하는 게 아닙니다. 완전히 원숭이로 있었을 때, 난 그런 감정을 잘 알고 있었을 겁니다. 그리고 난 그러한 자유를 동경하는 인간들도 알게 되었습니다.

하지만 나로 말씀드릴 것 같으면, 그 때나 지금이나 자유를 요구하지는 않습니다. 말이 나온 김에 드리는 말씀입니다만, 인간 세계에서는 자유라는 말로 스스로를 기만하는 일을 너무나도 자주 하고 있더군요. 자유가 가장 숭고한 감정에 꼽히는 것과 마찬가지로, 그에 상응하는 기만 역시 가장 숭고한 감정에 꼽힙니다.

난 버라이어티쇼 극장 무대에 출연하기 전에 어떤 곡예사 한 쌍이 저 위 천장에서 공중 그네를 타는 것을 자주 본 적이 있습니다. 그 두 사람은 그네에 훌쩍 뛰어올라 그네를 앞뒤로 굴렸습니다. 그러다가 그네에서 뛰어내려 휙 날라 가서는 상대방의 팔을 잡았습니다. 그리고 한 사람이 다른 한 사람의 머리카락을 입으로 물어 그 사람을 옮겼습니다.

'저런 것도 인간들의 자유인 게야. 참으로 안하무인격인 동작이구나.'

속으로 난 생각했지요. 그들은 성스러운 자연을 우롱하고 있었던 겁니다! 원숭이들이 이런 광경을 보면 마구 웃어 댈 겁니다. 이 세상의 그 어떤 건축물도 그 소리에는 견뎌 내지 못할 겁니다. 그렇습니다. 난 자유를 원하지 않았습니다. 출구가 하나 있는 것, 오로지 그것만 원했던 겁니다. 오른쪽에 있건, 왼쪽에 있건, 아니면 그 어느 쪽에 있건 상관없었지요. 난 출구 말고 다른 건 요구해 본 적이 없습니다. 설사 출구란 게 하나의 착각의 결과라 할지라도 난 출구를 원했습니다.

요구한 바가 크지 않으니, 착각 역시 그보다 크지는 않겠지요. 전진해야 해! 전진하는 거야! 무슨 일이 있어도 두 팔을 쳐든 채 궤짝으로 된 벽에 몸을 딱 붙이고 가만히 서 있지 말고. 난 그렇게 생각했지요.

지금 난 똑똑히 알고 있습니다. 내 안에 지극한 평안이 없었다면 난 절대로 빠져나오지 못했을 겁니다. 그리고 실제로 내가 오늘의 내가 된 건 전적으로 그 곳 배에 있고 난 며칠 뒤, 내게 불쑥 찾아든 마음의 평정 덕분이었을 겁니다. 하지만 그렇게 평정을 얻은 건 역시나 그 배에 있던 사람들 덕분일 겁니다. 어찌되었건 그 사람들은 좋은 사람들입니다. 요즘도 난 그 때 내가 반쯤 잠이 들었을 때, 쿵쿵 울려오던 그들의 묵직한 발자국 소리를 곧잘 떠올려 보곤 하지요.

그들은 무엇을 하든 굼벵이처럼 느렸습니다. 아주 그게 습관이 된 거지요. 눈을 비빌 때도 저울의 추를 들어올리는 것처럼 손을 느릿느릿 올렸습니다. 그 사람들이 하는 농담은 참으로 상스럽고 거칠었지만, 스스럼이 없었지요. 그들은 소리 내 웃을 때 언제나 기침을 했습니다. 상태가 위태롭게 보였죠. 그래도 하나도 심각한 건 아니었습니다.

그 사람들은 또 언제나 입 안에 뭔가가 있었습니다. 언제고 내뱉을 수 있는 거지요. 그들은 맘 내키는 대로 아무 데나 퉤퉤 내뱉었습니다. 노상 그들은 내 몸에 있는 벼룩들이 자기네한테 폴짝폴짝 뛰어올라 올 거라고 꿍얼거렸습니다. 하지만 그렇다고 그들이 나한테 실제로 화를 낸 적은 한 번도 없었습니다. 그들은 내 털 속에는 벼룩이 번창한다는 사실, 그리고 벼룩은 높이뛰기 선수라는 사실을 잘 알고 있었던 거지요. 그러려니, 하고 그러한 사실들을 그냥 받아들인 겁니다.

근무를 안 하고 쉴 때는 가끔씩 내 주위에 몇몇이 반원으로 둘러앉았습니다. 말은 거의 하지 않고 잔뜩 멋을 낸 목소리로 서로 웃었지요. 궤짝 위에 다리를 쭉 뻗고 앉아 파이프 담배를 피우다가 내가 조금만 움직여도 그들은 얼른 서로 무릎을 탁 내리쳤습니다. 이따금씩 한 사람이 막대기를 들고 와서 내가 기분 좋아 하는 곳을 살살 간질이기도 했습니다.

만일 나한테 그 배를 타고 함께 항해를 하자고 초대한다면, 난 분명히 거절할 겁니다. 하지만 중간 갑판에 서면 이러저런 추억이 떠오를 텐데, 분명 그 추억들은 꼭 끔찍한 것만은 아닐 겁니다. 그 사람들과 함께 있으면서 난 마음이 차분하게 안정되었는데, 그렇게 되자 도망가려는 시도를 일절 하지 않게 되었지요. 지금 돌이켜 보면, 난 그 때 적어도 다음과 같은 사실을 어렴풋이나마 예감한 듯합니다. 즉 살고 싶으면 탈출구를 발견해야 한다는 것이었지요. 하지만 도망간다고 출구를 찾을 수 있는 건 아니라는 사실도 예감했습니다.

도주하는 게 가능했는지 어쩐지는 잘 모르겠습니다. 하지만 난 그게 가능한 일이었다고 봅니다. 원숭이들은 언제라도 도주할 수 있을 테니까요. 보통 난 호두를 이로 까는데, 이제는 호두를 깔 때 여간 조심하지 않으면 안 되지요. 하지만 그 때는 문에 매단 자물쇠도 이로 물어서 부수어 버릴 수 있었을 겁니다. 자꾸 물어뜯어서 어느 날 틀림없이 부서졌을 겁니다.

그런데 난 그렇게 하지 않았습니다. 그렇게 한들 무슨 소용이 있었을까요? 내가 머리를 내밀기가 무섭게 사람들은 날 다시 잡아서 한층 더 끔찍한 우리에 쳐 넣었을 텐데 말입니다. 아니면 나는 아무도 눈치 채지 못하게 다른 동물들에게, 예를 들면 내 맞은편에 있는 왕뱀에게로 몰래 도망칠 수도 있었겠지요. 아마 그러면 왕뱀들에 칭칭 감겨 숨을 거두고 말았을 겁니다. 그도 아니면 갑판으로 몰래 가서 뱃전 너머로 뛰어내릴 수도 있었겠지요. 만일 그랬다면 망망대해에서 잠시 이리저리 물살에 흔들리다 익사했을 겁니다.

이런 건 다 자포자기한 결과로 생기는 행동입니다. 난 사람들처럼 계산을 한 건 아닙니다. 하지만 내가 처한 환경의 영향을 받아 계산을 하는 척한 거지요. 난 계산은 하지 않았습니다. 하지만 아주 차분한 마음으로 관찰을 한 것 같기는 합니다. 난 이 인간들이 이리저리 걸어 다니는 모습을 보았습니다. 그들은 표정도 동작도 언제나 같았습니다. 내 눈에 그 사람들은 종종 한 사람같이 보였지요. 말하자면 이 인간은 또는 이 인간들은 아무런 제지를 받지 않고 걸어 다닌 것입니다.

고귀한 목표 한 개가 어렴풋이 머릿속에 떠올랐습니다. 설령 내가 그 인간들과 똑같이 된다 하더라도, 쇠창살을 올려 준다고 나한테 약속한 사람은 한 사람도 없었습니다. 실제로 지키기 어려운 약속은 하지 않는 법이지요. 하지만 일단 약속한 것들을 다 들어 주면, 예전에 해 준다고 하면서 지키지 않았던 또 다른 약속들을 또 들먹이게 되는 법입니다.

그런데 그 인간들을 보면, 내 마음을 사로잡는 게 하나도 없었지요. 그들의 흐릿한 눈빛에서 나를 위한 출구가 보였습니다. 만일 내가 앞서 언급한 저 자유의 신봉자였다면, 난 분명 그런 출구보다는 대양 쪽을 택했을 겁니다. 하지만 어쨌거나 난 그런 걸 생각하기 오래 전부터 그들을 관찰했습니다. 그렇습니다. 그렇게 관찰을 하나 둘 해 나가다 보니, 어떤 특정한 방향으로 내가 나아가게 된 겁니다.

학술원에 드리는 보고

사람들 흉내를 내는 일은 누워서 떡먹기였습니다. 침 뱉는 건 며칠밖에 지나지 않았는데도 할 수 있었지요. 그래서 우리는 서로 상대방의 얼굴에 침을 퉤퉤 뱉었습니다. 그들과 내가 한 가지 다른 게 있다면, 난 나중에 내 얼굴을 깨끗이 핥지만, 그들은 그렇게 하지 않는다는 점이었지요. 나는 얼마 되지 않아 꼭 영감처럼 파이프로 담배를 피웠습니다. 그러다가 파이프 대통에 엄지손가락을 집어넣고 꾹꾹 누르기도 했지요. 그러면 중간 갑판에 모인 사람들은 일제히 환호성을 올렸습니다. 속이 텅 빈 파이프와 속이 꽉 찬 파이프는 도대체 어떻게 다른지, 오랫동안 이해가 안 간 건 그것 한 가지뿐이었습니다.

제일 괴로운 건 화주(*소주, 보드카, 위스키와 같이 알코올 도수가 높은 술)병이었습니다. 냄새가 고통스럽기 짝이 없었죠. 난 그 냄새를 참아 보려고 갖은 애를 썼습니다. 하지만 몇 주가 지나자, 그럭저럭 견딜 만했습니다. 사람들은 나의 이러한 내적인 투쟁을 내게서 보이는 그 어떤 것보다도 진지하게 받아들이더군요. 참으로 이상한 일이지요. 그 사람들은 누가 누군지 똑바로 기억나지는 않습니다.

하지만 내게 자꾸만 오는 사람이 한 명 있었습니다. 혼자 올 때도 있고 동료들과 함께 올 때도 있었습니다. 밤낮을 가리지 않고 아무 때나 찾아왔지요. 그 사람은 술병을 들고 내 앞에 서서는 날 가르쳤습니다. 그 사람은 날 이해하지 못했습니다. 그 사람은 내 존재의 수수께끼를 풀고 싶어했습니다. 그는 술병에서 천천히 코르크 마개를 빼더니 내가 이해했나, 이해하지 못했나를 알아 볼 셈으로 날 뚫어지게 바라보았습니다.

지금 이 자리에서 고백하는 바이지만, 난 그를 언제나 그저 흘끔 쳐다보기만 했습니다. 한 번도 주의 깊게 지켜보지는 않았지요. 인간들의 세상에서는 그 어느 곳에서도 그런 학생은 없을 겁니다. 술병에서 코르크 마개가 빠지자, 그 사람은 그걸 입으로 가져갔습니다. 난 그 사람을 계속 지켜보았습니다. 그 사람의 목구멍 속까지 다 보았지요.

그는 고개를 끄덕였습니다. 나에게 만족한 거지요. 그러고는 병을 입에 댔습니다. 난 내가 하나 둘 깨우쳐 가는 게 너무나도 가슴이 벅찬 나머지, 꺅꺅 소리를 질러 대며 손닿는 대로 내 몸을 마구 긁었습니다. 그는 기뻐하면서 술병을 입에 대더니 한 모금 꿀꺽 들이켰습니다.

나는 그가 하는 대로 따라하고 싶었지요. 안달이 나면서 절망감이 든 나머지, 우리 안에서 똥오줌을 질질 쌌습니다. 그러면 그는 무척이나 뿌듯해하면서 병을 앞으로 쑥 내밀었다가 갑자기 휙 다시 쳐들고는 단숨에 술을 마셔 댔습니다. 내게 시범을 보이느라 몸을 지나치게 뒤로 휙 젖히면서 술병을 단숨에 비워 버렸지요. 난 너무나도 따라하고 싶은 욕심에 진이 빠져 버려 더 이상 따라하지도 못했습니다. 그냥 힘없이 쇠창살에 매달려 있었지요.

　그러면 그 사람은 자기 배를 슬슬 쓰다듬고 히죽히죽 웃으면서 이론 수업을 마쳤습니다. 그리고 비로소 실습이 시작되었지요. 이론 공부 때문에 내가 혹시 벌써 완전히 녹초가 된 건 아니었을까요? 그래요, 난 너무 지쳐 있었던 것 같습니다. 하지만 그렇게 된 건 다 내 운명이지요. 어찌 되었건 난 그가 건네는 술병을 최대한 잘 잡고는 부르르 떨리는 손으로 병에서 코르크 마개를 쑥 잡아 뺐습니다. 그 일을 무사히 해 내자, 점차 새로운 힘이 불쑥불쑥 솟았지요. 난 술병을 들어ー그 사람이 한 것과 거의 구분이 안 갈 정도였지요ー 입에 가져갔다가 어찌나 역겹던지 그만 술병을 집어 던지고 말았습니다. 정말 역겨웠지요. 냄새는 끔찍했지만, 술병은 술 한 방울 없이 텅 비어 있었고 술 냄새만 잔뜩 났습니다. 어찌나 혐오스럽던지 난 술병을 바닥에 냅다 집어던졌습니다.

　우리 스승님에게는 참으로 애석한 일이었습니다. 물론 나에게는 더욱더 애석한 일이었지요. 난 병을 집어던진 뒤에도 잊지 않고 내 배를 아주 멋진 동작으로 쓰다듬고 인상도 찌푸렸지만, 스승님 마음을 달래드릴 수는 없었습니다. 내 마음도 풀리지 않았고요.

　수업은 너무나도 자주 그런 식으로 진행되었습니다. 다른 방식으로는 하지 않았습니다. 스승님의 명예를 위해서 말씀드리겠습니다. 선생님은 나한테 조금도 화를 내지 않으셨습니다. 스승님은 때때로 불붙인 파이프를 내 털에 갖다 댔습니다. 하지만 간혹 내 손이 잘 닿지 않는 쪽 털이 타기라도 하면, 스승님은 몸소 그 크고 듬직한 손으로 불을 꺼 주셨습니다. 스승님은 내게 화를 내지 않으셨습니다. 스승님은 우리가 한 편이 되어 원숭이의 본성과 투쟁한다는 사실을 간파하셨고, 또한 내가 맡은 바가 훨씬 더 힘들다는 사실도 간파하신 것이지요.

어느 날 저녁, 구경꾼들이 많이 모인 자리에서 내가 한 행동은 선생님에게나 나에게나 정말 엄청난 승리, 그 자체였습니다. 십중팔구 무슨 파티가 열린 듯했습니다. 축음기에선 음악이 흘러나오고, 어떤 장교 한 사람이 사람들 사이를 이리저리 돌아다니고 있었습니다. 그 날 저녁, 난 내 우리 앞에 누군가 실수로 두고 간 화주병을 아무도 몰래 슬쩍 집어 들었지요.

사람들이 하나 둘 날 주목하기 시작했습니다. 난 스승님에게 배운 대로 술병에서 코르크 마개를 뺀 다음, 입에 대고 조금도 주저하지 않고 입도 씰룩거리지 않은 채 진짜 주정뱅이처럼 눈동자를 데룩데룩 굴리고 꿀꺽꿀꺽 소리를 내면서 술을 그야말로 한 방울도 남기지 않고 몽땅 다 마셔 버렸습니다.

난 더 이상 자포자기해서 절망에 빠져 버린 자가 아니라, 마치 예술가라도 된 양 술병을 휙 집어던졌지요. 배를 쓰다듬는 건 깜빡했지만, 난 다른 걸 했습니다. 그것 말고는 달리 할 수 있는 것도 없었고, 그걸 안 하면 참을 수도 없을 것 같았고, 또 귀며 머리며 온통 쏴쏴 하는 소리가 나는 것도 같아, 간단히 말하면 "할로!(*영어의 헬로우에 해당하는 독일어)"하고 외친 겁니다. 인간이 내는 소리를 툭 내뱉은 것이지요. 이렇게 소리를 지름으로써 난 인간 세계에 뛰어든 셈입니다. 사람들은 이런 말을 했습니다.

"잘들 들어 봐, 저 원숭이가 말을 하네!"

그들이 그런 말을 하며 웅성대자, 난 땀이 비 오듯 하는 내 몸에 누군가가 입을 맞추어 주는 듯한 기분이 들었습니다. 다시 한 번 말씀드리지만, 난 인간들 흉내를 내고 싶다는 유혹 같은 건 느낀 적이 없습니다. 내가 흉내를 낸 건 출구를 찾고 있었기 때문입니다. 다른 이유는 없었습니다. 앞서 말씀드린 저 승리라는 것도 이렇다 할 혜택을 준 건 없었지요. 목소리가 금방 또 나오지 않았거든요. 몇 달이 지난 뒤에야 비로소 다시 목소리가 나왔지요. 또 화주병을 보면 점점 더 반감이 생겼고요. 하지만 내가 가야 할 방향은 어쨌거나 확실히 정해진 것이었습니다.

내가 함부르크에서 첫 번째 조련사에게 넘겨졌을 때, 내 앞에는 두 가지 가능성이 놓여 있다는 사실을 난 단박에 알아차렸습니다. 동물원이냐, 아니면 버라이어티쇼를 하는 극장이냐, 하는 것이었지요. 난 망설이지 않았습니다. 내 스스로에게 이렇게 말했지요. 버라이어티쇼 극장으로 갈 수 있게 있는 힘을 다하

자. 그게 출구다. 동물원은 쇠창살로 된 또 하나의 새로운 우리일 뿐이다. 그 안에 들어가면 넌 끝장이다, 라고요.

여러분, 그래서 난 배웠습니다. 아, 배우지 않으면 안 되는 건 반드시 배우게 되는 법입니다. 출구를 찾고 싶으면 배우게 됩니다. 이것저것 가리지 않고 배우게 되는 것이지요. 회초리를 들고 스스로를 감시하고, 조금만이라도 하기 싫은 마음이 생기면, 내 살을 이빨로 물어뜯는 겁니다.

내 안에 있던 원숭이 본성이 미친 듯이 날뛰었습니다. 그러다가 무섭다 싶을 만큼 공처럼 동글동글해지더니 내 몸 밖으로 휙 빠져나갔습니다. 그래서 나를 가르치신 첫 번째 선생님은 내 몸에서 빠져나간 그 원숭이 본성 때문에 거의 원숭이가 되어 버렸습니다. 선생님은 즉각 수업을 중단하셔야 했습니다. 그리고 정신병원에 보내지셨죠. 그 곳에 안 가실 수가 없었던 겁니다. 다행히 선생님은 곧바로 병원에서 다시 나오시긴 했습니다.

하지만 난 수많은 선생님들에게 배웠습니다. 그래요, 심지어 몇몇 선생님들에게 동시에 배우기도 했지요. 내가 내 여러 능력에 대해 웬만큼 자신감이 생기고, 또 세상 사람들도 내가 진보하는 모습을 주시하고, 나의 미래가 환하게 빛나기 시작하자, 난 선생님을 여럿 초빙해서 나란히 붙어 있는 방 다섯 개에 앉혀 놓고는 이 방 저 방 계속 쉴 새 없이 뛰어다니며 그 분들로부터 동시에 배웠습니다.

정말 엄청나게 발전한 것이었지요! 사방에서 지식의 빛이 바야흐로 이제 막 눈을 뜬 두뇌 속으로 마구 밀려들어온 것이지요! 난 행복했습니다. 그 사실을 부인하지는 않겠습니다.

하지만 한 가지 사실도 고백하고 싶습니다. 난 그러한 점을 과대평가하지는 않았습니다. 그 때도 그랬지만 지금은 더더욱 그렇습니다. 난 지금까지 지구상에서 그 유례가 없었던 노력을 통해 유럽인의 평균적인 교양을 갖추게 된 겁니다. 그건 그 자체로 보면 아무것도 아닐지도 모릅니다. 하지만 그것은 내가 우리에서 빠져 나오게 도와 주고, 이 특별한 탈출구를, 인간에게 이르게 하는 탈출구를 마련해 주었다는 점에서는 매우 중요한 의미를 지니는 것입니다.

아주 좋은 독일어 숙어가 하나 있습니다. 아무도 모르게 슬쩍 사라진다는 말이 바로 그것입니다. 난 그렇게 했습니다. 슬그머니 달아난 거지요. 그것 말고는 다른 길이 없었습니다. 자유는 선택할 수 있는 게 아니라는 사실을 난 항상 전제로 삼고 있었기 때문입니다.

나의 발전, 그리고 이렇게 발전하고자 지금껏 목표로 삼았던 것을 돌이켜볼 때, 난 불평 같은 건 하지 않습니다. 그랬다고 물론 만족하는 것도 아닙니다. 바지 주머니에 두 손을 찔러 넣고ㅡ포도주 병은 탁자 위에 있지요ㅡ난 흔들의자에 비스듬히 누워 창밖을 내다봅니다. 누군가가 찾아오면, 그 분을 맞이합니다. 물론 그 분 신분에 맞게요. 내 매니저는 현관방에 앉아 있지요. 내가 벨을 누르면, 그가 와서 내가 하는 말을 듣습니다.

저녁엔 거의 늘 공연이 있습니다. 난 더 이상 성공할 것도 없을 겁니다. 밤늦게 연회나 학술적인 모임, 또는 유쾌한 모임에서 집으로 돌아오면, 반쯤 훈련된 작은 암침팬지가 날 기다리고 있지요. 난 원숭이들이 하는 식으로 침팬지 곁에서 아늑한 시간을 갖습니다. 낮에는 그 침팬지가 보고 싶지 않습니다. 동물이 조련을 받으면 어리둥절해지면서 정신 착란을 일으키는데, 바로 그런 점이 그 침팬지의 눈빛에 나타나기 때문이지요. 그런 걸 알아보는 건 나 하나밖에 없는데, 난 그걸 도저히 참을 수가 없습니다.

전반적으로 볼 때, 난 어쨌든 내가 이르고 싶은 것에 이르렀습니다. 그런 건 노력할 만한 가치가 없는 일이었다고 말씀하지는 마시기 바랍니다. 한 가지 더 말씀드리지요. 난 그 어떤 인간의 평가도 받고 싶지 않습니다. 난 그저 지식을 널리 퍼뜨리고 싶을 뿐입니다. 난 보고를 한 것뿐입니다. 선생님들, 학술원의 고매하신 학술원 회원 여러분들께도 난 지금까지 그저 보고를 드렸을 뿐입니다.

선고

너무나도 화창한 봄, 어느 일요일 오전이었다. 젊은 상인 게 오르크 벤데만은 강을 따라 길게 늘어서 있는 집들 가운데 한 집의 2층 자기 방에 앉아 있었다. 그 집들은 가벼운 건축 자재 로 지은 것으로 나지막했는데, 높이나 색깔만 조금씩 달랐다. 그는 외국에 있는 어릴 적 친구에게 편지를 막 끝내고, 장난치 듯이 느릿느릿 봉투를 붙이고는 팔꿈치를 책상에 괸 채 창밖을 내다보았다. 강과 다리, 그리고 건너편 물가에 있는 나지막한 연록색 언덕이 보였다.

그는 이 친구가, 고국에서 일이 잘 안 풀리자 불만스러운 마 음으로 몇 년 전에 러시아로 그야말로 도망치다시피 가 버렸던 일에 대해 생각해 보았다. 지금 그는 뻬쩨르부르크에서 사업을 하고 있었다. 처음엔 사업이 무척이나 잘 되다가 부진해진 지가 오래 된 듯했다. 그 친구는 갈수록 고향을 찾는 일이 뜸해졌는데, 고향에 오면 그런 이야기를 하며 탄식을 하곤 했었다.

말하자면 친구는 외국에서 죽도록 일을 하고 있었지만, 헛수고였다. 얼굴 가득 덥수룩하게 난 이상야릇한 수염은 그가 어렸을 적부터 잘 알고 있던 얼굴을 볼 성 사납게 뒤덮고 있었고, 누렇게 뜬 얼굴은 무슨 질병이라도 앓고 있는 듯했다. 그의 말에 따르면, 그는 그 곳에 사는 동포들과 이렇다 할 접촉도 하지 않고, 고향에 있는 가족이나 친지들과도 예의 차원에서 보통 하는 연락조차도 거의 하지 않고 살았다고 한다. 그런 식으로 그는 앞으로 계속 독신으로 살 것에 대비를 하고 있었던 것이다.

삶의 방향이 잘못 된 게 뻔하고, 딱하기는 하지만 어떻게 도와 줄 방법이 없는 그런 사람에게 도대체 무슨 말을 편지에 쓴단 말인가. 다시 고향으로 돌아와 이곳에서 생활의 기반을 잡으라고, 예전에 사귀던 친구들과도 우정을 새롭게 돈독히 하고, ―그 일에 걸림돌이 되는 건 아무것도 없다― 또한 친구들의 도움을 한 번 믿어 보라고 충고를 해야 하는 것일까?

하지만 그렇게 하는 건 동시에 그 친구에게 ―상처를 안 입게 신경을 써서 말하면 말할수록 상처만 더 줄 뿐이다― 이렇게 말하는 것이나 마찬가지다. 즉 지금까지 그 친구가 시도한 건 하나에서 열까지 모조리 실패했으며, 그러니 이제는 그런 일들에서 손을 떼고 고향에 돌아와야 하며, 일단 고향에 돌아오면 아주 영원히 돌아온 것이니, 사람들이 모두 눈을 휘둥그레 뜨고 놀란 얼굴로 쳐다본다 해도 그냥 내버려 두는 수밖에 없고, 이 세상에서 그나마 이해를 해 주는 사람은 친구들밖에 없으며, 그는 나이만 먹었지 어린아이나 다름없으니, 고향에 남아 크게 성공한 친구들 말을 군말 없이 들어야 한다는 것을 의미하는 것밖에 되지 않는다. 이런 말들은 그 친구를 틀림없이 괴롭게 만들 텐데, 그럼 과연 그렇게 고통을 주는 게 의미가 있는 것일까? 정말 그럴까?

그 친구를 고국으로 불러들이는 건 십중팔구 실패할지도 모른다. 고향의 제반 사정이 이제는 도통 이해가 안 된다고 그 스스로도 말했었다. 그러니까 그는 형편이 어찌 되었든 간에 지금 있는 그 낯선 외국 땅에 계속 머물 것이다. 그리고 이런저런 충고에 기분이 상하고 친구들과도 관계가 훨씬 더 서먹서먹해질지도 모른다.

하지만 그가 실제로 충고를 받아들여 이곳에 ─물론 맘이 내켜서가 아니라, 실제 상황이 상황이니만큼 어쩔 수 없이─ 눌러앉게 되면, 친구들을 만나도 난감할 테고, 또 친구들이 곁에 없어도 난감할 것이며 수치심으로 괴로워할 것이다. 그렇게 될 경우, 그는 고향도 친구도 모두 잃게 될 지도 모른다. 그럴 바에야 그냥 외국에 있는 편이 그 친구한테는 훨씬 낫지 않을까? 상황이 이런데 그가 이곳에서 정말 형편이 나아질 것이라고 과연 생각할 수나 있는 걸까?

이런 여러 가지 이유에서 게오르크는 그 친구와 서로 편지는 제대로 주고받고 싶었으면서도, 보통 아주 먼 친척에게도 스스럼없이 전할 수 있는 소식 같은 것도 그 친구에게는 알릴 수가 없었다. 친구가 고향에 오지 않은 지도 어언 3년이 넘었다. 다 러시아 정세가 불안해서 그런 것이라고 그는 궁색한 변명을 늘어놓았다. 그의 말에 따르면, 러시아 정세가 그렇기 때문에, 아무리 영세 상인이라 하더라도 아주 잠시 동안 그 곳을 떠나 다른 곳에 가는 것조차 일절 허용되지 않는다는 것이었다. 수십만 명의 러시아인들은 전 세계를 유유히 돌아다니고 있었는데도 말이다.

하지만 이 3년 동안, 게오르크에게는 그야말로 많은 변화가 있었다. 게오르크의 어머니는 2년 전쯤에 돌아가셨는데, 그 때부터 그는 나이 든 아버지와 함께 살림을 꾸려 나갔다. 그의 어머니가 돌아가셨다는 소식을 그 친구는 어디서 전해들은 듯했다. 어느 날 쓴 편지에서 그는 감정의 동요 없이 덤덤하게 조의를 표한 것이다. 그렇게 무덤덤하게 편지를 쓴 건 그런 일을 접했을 때, 과연 사람이 어떠한 슬픔을 느끼는지 외국에서는 조금도 상상이 되지 않기 때문일 것이다. 다른 이유는 없을 것이다.

어머니가 돌아가신 뒤로 게오르크는 사업도 다른 모든 일과 마찬가지로 매우 단호하게 처리해 나갔다. 아버지는 어머니가 살아계실 때는 자신의 주장만 관철시킬 욕심에 게오르크가 실제로 자신의 뜻대로 일을 하지 못하게 다분히 훼방을 놓았을 것이다. 또한 아버지는 어머니가 돌아가신 뒤로, 사업은 여전히 계속 하셨지만 내심 꽤 위축되신 것 같았다.

아마도 ─정말 그랬을 가능성이 높다─ 몇 가지 행운이 톡톡히 도와 준 것 같았다. 어쨌거나 이 두 해 동안, 사업은 그 누구도 예상할 수 없었을 정도로 번창했다. 직원을 두 곱으로 늘려야 했고, 매상은 다섯 배나 증가했으며, 앞으로도 지속적인 발전을 할 것이라는 데 대해서는 의심할 여지가 없었다.

하지만 그 친구는 이 변화에 대해 눈곱만큼도 알지 못했다. 전에 ─아마 조의를 표하던 편지에 쓴 게 마지막이지 싶었다─ 그 친구는 게오르크에게 러시아로 이주를 하라고 자꾸 설득하면서 게오르크가 뻬쩨르부르크에 지점을 낼 경우, 그 전망에 대해 아주 상세하게 적어 보냈었다. 그 수치는 현재 게오르크의 사업 규모에 비하면 정말 보잘것 없는 것이었다. 하지만 게오르크는 사업상의 성공에 대해 친구에게 편지로 알리고 싶은 마음이 추호도 없었다. 그런데 지금 와서 새삼스럽게 그런 이야기를 편지에 쓴다면, 정말 이상하게 보일 것이다. 그래서 게오르크는 친구에게 편지를 쓸 때면, 한적한 일요일 같은 때 이런저런 생각에 잠기노라면 이것저것 두서없이 떠오르는 대수롭지 않은 이야기들만 썼다.

친구는 그 오랜 세월 동안 고향을 머릿속에 그리고 있었을 테고, 또 그런 생각을 하며 내심 만족스러워했을 텐데, 게오르크는 친구가 계속 그런 생각을 하게 내버려 두고 싶었을 뿐이다. 그래서 그는 친구에게 자신과 아무 관계도 없는 어떤 남자가 역시 자신과 아무 관계도 없는 어떤 아가씨와 약혼했다는 이야기를 어쩌다 한 번씩 세 차례에 걸쳐 보낸 편지에서 매번 알리게 되었다. 마침내 그 친구는 게오르크의 의도와는 정반대로 그 이상야릇한 일에 흥미를 보이기 시작했다.

하지만 게오르크는 그에게 자신이 한 달 전에 부잣집 딸인 프리다 브란덴펠트 양과 약혼했다고 사실대로 말하지 않고, 남들이 약혼했다는 이야기만 편지에 썼다. 그는 자기 약혼녀랑 이 친구에 대해 이야기를 자주 나누었고, 그와 편지를 주고받을 때면, 야릇한 기분이 든다는 이야기도 함께 나누었다.

"그럼, 그 친구는 우리 결혼식에 오지 못하겠네. 하지만 난 당신 친구는 모두 다 알 권리가 있단 말이야."

약혼녀가 말했다.

"그 친구를 귀찮게 하고 싶지 않아. 이해해 줘. 아마 그 친구, 올 거는 같아. 난 적어도 그렇게 믿어. 하지만 그 친구는 어쩔 수 없이 와야 되는 거라 마음에 상처를 받을 거야. 십중팔구 날 부러워하겠지. 불만스러워할 게 뻔해. 불만을 털어 내지 못한 채 혼자 다시 러시아로 돌아가겠지. 혼자서 말이야. 그게 어떤 건지 알아?"

"응. 알아. 그럼 그 친구는 우리가 결혼한다는 걸 다른 데서도 알 수가 없다는 거야?"

"물론 내가 그런 걸 다 막을 수는 없지. 하지만 그 친구가 사는 방식으로 보아 그건 있을 수 없는 일이야."

"게오르크, 그런 친구가 있었다면, 약혼 같은 건 하면 안 되는 거였는데."

"그래, 맞는 말이야. 그건 우리 둘 다 잘못한 거지. 하지만 난 지금도 약혼한 걸 후회하지는 않아."

"그래도 난 마음이 정말 상했단 말이야."

그가 그녀에게 여러 번 입을 맞추자, 그녀가 가쁜 숨을 몰아쉬며 말했다. 그는 약혼녀의 말을 듣고, 편지로 그 친구에게 모든 사실을 다 털어놓는다 해도 친구의 심기를 건드리지는 않을 것 같다는 생각이 들었다. 그는 혼잣말을 했다.

"난 그런 사람이야. 그러니 그 애도 날 있는 그대로 받아들여야 해. 내 안에 또 하나의 내가 있어. 그런데 그 나는 나한테보다도 그 친구와의 우정을 지키는 일에 더 적합한 것 같아. 난 그런 나를 차마 없애 버릴 수가 없어."

실제로 그는 이 일요일 오전에 친구에게 쓴 긴 편지에서 자신이 약혼했다는 사실을 다음과 같이 보고했다.

"최고의 뉴스거리를 지금까지 말하지 않고 남겨 두었어. 나, 프리다 브란덴펠트 양과 약혼했어. 유복한 집 아가씨야. 그 아가씨네 집은 자네가 떠난 후 한참 뒤에 이곳에 정착했어. 그래서 그 집에 대해 자네가 아는 게 거의 없을 거야. 내 약혼녀에 대해서 자네에게 상세하게 말해 줄 기회가 또 있겠지. 오늘은 내가 정말 행복하다는 사실, 그리고 우리 관계는 달라진 게 거의 없다는 사실만 말할게. 이제 자네는 그야말로 평범하기 짝이 없는 친구 대신, 행복한 친구가 생긴 거야. 우리 우정 관계에서 달라진 건 그거 하나밖에 없어. 오늘은 이 두 가지 뉴스로 만족했으면 좋겠어. 자네는 스스럼없는 친구가 생길 거야. 내 약혼녀 말이야. 결혼하지 않은 총각한테는 그런 게 상당한 의미가 있지. 그녀가 자네한테 진심으로 안부를 전해 달래. 다음번엔 자네한테 직접 편지도 쓸 거야. 여러 가지 사정 때문에 자네가 우리를 찾아 주지 못한다는 거 잘 알아. 하지만 내 결혼식이야말로 거추장스러운 걸림돌일랑 모두 집어 던져 버릴 절호의 기회가 되지 않을까? 하지만 내 말에 개의치 말고 자네 하고 싶은 대로 해."

게오르크는 친구에게 쓴 편지를 오랫동안 손에 들고 책상에 앉아 있었다. 얼굴은 창가로 향한 채였다. 아는 사람이 골목길을 지나가면서 인사를 하는데도, 그는 짐짓 웃어 보이지도 못했다.

마침내 그는 편지를 주머니 속에 집어넣고 자기 방을 나와 자그마한 복도를 가로질러 아버지 방으로 갔다. 벌써 몇 달째 그는 아버지 방에 가지 않았다. 보통은 그 방에 갈 필요가 없었기 때문이다. 아버지는 가게에서 늘 볼 뿐만 아니라, 그들은 같은 시간에 같은 식당에서 점심 식사를 했고, 저녁은 각자 알아서 해결했던 것이다. 그래도 그들은 저녁 식사가 끝나면 대개는 거실에서 각자 자신이 읽는 신문을 들고 잠시 앉아 있었다. 물론 게오르크가 외출하지 않고 집에 있을 때만 그랬다. 요즘은 안 그렇지만 그는 약혼하기 전에는 곧잘 남자 친구들과 어울렸다. 최근엔 약혼녀네 집을 가끔씩 방문하기도 했다.

오전이라 볕이 이토록 좋은데도 아버지 방이 참으로 어두컴컴하다는 사실에 게오르크는 소스라치게 놀랐다. 기름하면서 좁다란 마당 건너편에 높다랗게 우뚝 버티고 있는 담장이 어두운 그림자를 드리우고 있었던 것이다. 아버지는 방 한 구석 창가에 앉아 있었다. 그 곳은 돌아가신 어머니에 대한 추억이 오롯이 담긴 물건들로 꾸며져 있었다. 아버지는 신문을 비스듬히 들고 읽고 있었다. 잘 보이지 않았기 때문이다. 탁자 위에는 아침 식사를 하다 남은 음식이 있었다. 별로 많이 드신 것 같지는 않았다.

"아, 게오르크구나!"

아버지가 말했다. 그리고 곧바로 그에게로 다가왔다. 아버지

의 묵직한 가운 앞쪽이 벌어지며 가운 끝자락이 전체적으로 펄
럭거렸다.

"우리 아버지는 여전히 거인이네."

게오르크는 혼잣말을 했다.

"여기 너무 어둡네요."

게오르크가 말했다.

"그래, 무척 어둡지."

아버지가 대꾸를 했다.

"창문도 닫으셨어요?"

"난 그게 좋다."

"밖이 얼마나 따뜻한지 몰라요."

게오르크는 방금 아버지와 그런 내용의 말을 주고받은 게
못내 아쉬운 듯 그렇게 말을 하고는 자리에 앉았다. 아버지는
아침 먹은 그릇이며 나이프 따위를 주섬주섬 정돈한 다음, 상
자 위에 놓았다.

"사실은 아버지한테 말씀드리려고 했는데요."

게오르크는 노인이 취하는 동작을 멍한 시선으로 하나하나
좇으며 말을 이었다.

"뻬쩨르부르크에 제가 약혼했다는 사실을 알렸다고요."

게오르크는 주머니에서 편지를 삐끔 꺼내다가 다시 쑥 집어
넣었다.

"뻬쩨르부르크엔 왜 보내는 건데?"

"거기 제 친구가 살거든요."

게오르크가 말했다. 그리고 아버지의 표정을 살폈다. 그는 속으로 생각했다.

'가게 계실 때 모습과는 완전히 딴판이네. 여기서는 떡 버티고 앉아 팔짱을 턱 끼고 계시잖아.'

"그래. 네 친구한테 알렸단 말이지!"

아버지가 힘주어 말했다.

"아버지, 아버지는 제가 약혼했다는 사실을 일단은 그 친구한테 숨기고 싶어 했다는 걸 잘 아시잖아요. 그 친구를 배려해서 그랬던 거지, 다른 이유는 없어요. 그 애가 고집이 보통 아니라는 거 아버지도 잘 아시잖아요. 그 애가 내 약혼에 대해 혹시 알지도 모른단 생각이 들었어요. 그 애처럼 외롭게 살면 그런 일이 거의 일어나지 않겠지만요. 제가 그런 걸 못 듣게 막을 수 있는 일도 아니고요. 하지만 저한테서 그런 소식을 직접 들어선 안 되었던 거죠."

"그런데 이제 와서 생각이 달라졌다는 거냐?"

아버지가 물었다. 그는 두툼한 신문을 창문턱에 놓고 신문 위에는 안경을 놓았다. 그러고는 손으로 안경을 가렸다.

"네, 이제는 생각이 바뀌었어요. 그 친구가 진정한 친구라면, 내가 약혼해서 행복해 하는 걸 보고 그 애도 행복할 거란 생각이 들었어요. 그래서 더 이상 망설이지 않고 그 애에게 알리기로 했어요. 하지만 편지를 우체통에 넣기 전에 아버지한테 말씀드리고 싶었어요."

"게오르크,"

아버지가 말했다. 그는 입을 옆으로 쫙 벌렸다. 이가 하나도 보이지 않았다.

"잘 들어라! 넌 이 일 때문에 나랑 상의하러 온 것이구나. 참 기특하기도 하다. 하지만 네가 나한테 이제 하나도 숨기지 않고 모조리 털어놓지 않으면 하나마다. 내 화만 돋울 거야. 난 이 일과 관계없는 건 들추지 않을 생각이다. 우리의 사랑하는 어머니가 돌아가신 뒤로 왠지 안 좋은 일만 자꾸 생겼어. 모르긴 해도 그런 일들에 대해 얘기해 볼 때가 언젠가 오긴 올 거다. 너나 내가 생각하는 것보다 더 일찍 올 수도 있고. 가게에서도 내가 미처 눈치 채지 못하고 놓치는 게 많아. 혹시 나한테 뭘 숨기는 건 아니겠지. 이제 난 네가 나한테 숨기는 게 있다고 가정하고 싶지도 않다. 난 이제는 기력도 별로 없고 기억력도 감퇴했어. 그 많은 일들에 대해서도 이젠 판단할 능력도 없다. 첫째는 세월 탓이고, 두 번째는 네 엄마가 세상을 떠나고 난 뒤, 내가 너보다 훨씬 더 상심해서 그렇지. 하지만 우리가 바로 그 일에 대해 말을 하고 있으니까 말인데, 그 편지 말이다, 게오르크, 제발 부탁인데 날 속일 생각은 하지 마. 그건 사소한 일이야. 눈곱만큼의 가치도 없는 거야. 그러니 날 속이지 말렴. 너 정말 뻬쩨르부르크에 친구가 있기나 한 거니?"

게오르크는 당황한 얼굴로 일어섰다.

"제 친구들 얘기는 그만하세요. 친구가 천 명이 있어도 저한 테는 아버지만 못해요. 제가 무슨 생각을 하는지 아세요? 아버 지는 스스로 너무 안 챙기세요. 하지만 나이가 드시면 신경을 쓰셔야죠. 아버지는 사업상 안 계시면 안 돼요. 누구보다도 아 버지가 잘 아시잖아요. 하지만 가게 일이 아버지 건강을 해친다 면, 저는 내일이라도 당장 가게 문을 닫을 거예요. 이대론 안 돼 요. 우린 이제 아버지 위주로 생활 방식을 바꿔야 해요. 그것도 완전히 바꿔야 해요. 지금은 이렇게 어두컴컴한 데 앉아 계시지 만, 거실로 가시면 환하고 좋을 거예요. 아버지는 식사도 제대 로 하지 않으시고 아침도 드시는 둥 마는 둥 하시잖아요. 그러 니 원기가 없으실 수 밖에요. 창문도 꼭꼭 닫아 놓으시고 앉아 계시는데, 환기를 시키면 좋을 거예요. 아버지, 이대론 안 돼요! 제가 의사를 불러올 테니 우리, 앞으로 의사가 지시한 대로 따 르기로 해요. 저랑 방을 바꿔요. 아버지가 앞방으로 가시고, 제 가 이 방으로 올게요. 달라지는 건 하나도 없을 거예요. 이 방에 있는 건 모두 그 방으로 옮길 거니까요. 하지만 물건 옮기려면 시간이 좀 걸릴 테니, 지금은 침대에 좀 누우세요. 무슨 일이 있 어도 아버지는 푹 쉬셔야 해요. 꼭 그렇게 하셔야 해요. 자, 제가 옷 벗으시는 걸 도와드릴게요. 저도 그런 거 잘 해요. 보시면 아실 거예요. 혹시 지금 당장 앞방으로 가고 싶으시면, 당분간은 제 침대에 누우셔도 되고요. 아무래도 그게 좋겠어요."

게오르크는 자기 아버지 바로 곁에 서 있었다. 아버지는 머리를 푹 숙였다. 백발머리가 마구 헝클어져 있었다.

"게오르크,"

아버지가 나지막하게 말했다. 아버지는 꼼짝도 하지 않았다.

게오르크는 얼른 아버지 곁에 무릎을 꿇고 앉았다. 아버지 얼굴은 피곤해 보였다. 눈동자가 눈가 쪽에 와 있었는데 엄청 커 보였다. 그 눈동자는 자신을 향하고 있었다.

"넌 뻬쩨르부르크에 친구 없어. 넌 언제나 사람을 잘 웃겼고, 내 앞에서도 별로 어려워하지 않고 계속 까불었지. 네가 어떻게 그 곳에 친구가 있단 말이냐! 난 그 말이 하나도 믿어지지 않는다."

"아버지, 한번 잘 생각해 보세요."

게오르크가 말했다. 그는 아버지를 안락의자에서 일으켜 세운 다음 —아버지는 힘이라곤 하나도 없는 모습으로 서 있었다— 가운을 벗겨 드렸다.

"얼마 안 있으면 제 친구가 우리 집에 다녀간 지도 3년이 돼요. 아버지가 그 애를 별로 좋아하지 않으셨던 거, 아직도 생생하게 기억나요. 그 애가 버젓이 내 방에 앉아 있는데도, 전 아버지한테 적어도 두 번이나 거짓말을 했지요. 그 애가 오지 않았다고요. 아버지가 그 애를 왜 싫어하셨는지, 전 충분히 이해할 수 있었어요. 제 친구가 좀 특이하거든요. 하지만 나중엔 그 애랑 이야기를 잘 나누셨지요. 그 때 아버지가 그 애 말을 귀담아 들으시며 고개도 끄덕이시고 질문까지 하셔서 전 얼마나 흐뭇했는지 몰라요. 잘 생각해 보시면, 다 기억나실 거예요. 그 때 그 애는 러시아 혁명에 대해 말해 주었지요. 도대체 믿어지지 않는 이야기들을요. 예를 들어 그 애가 사업차 여행을 하다가 키에프에서 본 신부 이야기 같은 거요. 키에프에서는 그 때 폭동이 일어났었는데, 한 신부가 발코니에 서서 얄팍한 자기 손에 칼로 커다랗게 십자를 새기더니, 그 손을 번쩍 치켜들고 큰 소리로 군중을 부르고 있었대요. 아버지도 가끔씩 그 이야기를 들려 주시곤 했잖아요."

게오르크는 말을 하면서 아버지를 다시 앉히고, 아버지가 리넨 팬티 위에 입고 있는 메리야스 바지와 양말을 가만가만 벗기는 데 성공했다. 그다지 깨끗하지 않은 내의를 보면서, 그는 아버지한테 신경을 써 드리지 않았다는 생각에 공연히 자책감이 들었다. 아버지가 속옷을 잘 갈아입도록 잊지 않고 챙겨 드리는 일은 마땅히 그의 의무이기도 했을 것이다.

그는 장차 자신과 약혼녀가 과연 아버지한테 어떻게 해 드려야 할지에 대해선 아직 그녀와 분명하게 이야기를 나눠 보지 못했다. 그들은 아버지가 그 오래된 집에서 그대로 혼자 사실 것이라고 암묵적으로 예상하고 있었기 때문이다. 하지만 이제 그는 결혼해서 가정을 꾸리면, 아버지를 모셔가기로 굳게 맘먹었다. 별안간 그런 결심이 선 것이다.

곰곰 생각해 보니 앞으로 살 자기 집에서 아버지를 돌봐 드린다 해도 너무 늦었지 싶었다. 그는 아버지를 안고 침대 쪽으로 갔다. 몇 걸음 가지 않았는데, 그는 자기 품안에서 아버지가 그의 시곗줄을 만지작거리며 장난을 치는 모습을 문득 발견하고는 섬뜩한 느낌이 들었다. 아버지가 시곗줄을 어찌나 꼭 잡고 있었던지 그는 아버지를 곧바로 침대에 눕힐 수가 없었다.

아버지를 침대에 눕혔을 때만 해도, 일이 순조롭게 진행되는 것 같았다. 아버지는 손수 이불을 덮었다. 그리고 어깨 한참 위까지 이불을 쑥 잡아당겼다. 게오르크를 올려다보는 눈빛도 꽤 상냥한 편이었다.

"아버지, 이제 그 친구 생각나시죠? 그렇죠?"

게오르크가 물었다. 그리고 아버지 기분을 바꿔 주려고 고개를 끄덕여 보였다.

"지금 나 이불 잘 덮고 있니?"

발이 이불 밖으로 나오지 않았는지 스스로는 살펴볼 수 없다는 듯이 아버지가 물었다.

"침대 누우시니까 좋으시죠."

게오르크는 그렇게 말하면서 이불을 잘 덮어 드렸다.

"나 이불 잘 덮고 있니?"

아버지는 같은 말을 또 물었다. 게오르크한테서 무슨 대답이 나올지 귀를 쫑긋 세우고 있는 눈치였다.

"걱정 안 하셔도 돼요. 이불 잘 덮고 계세요."

"잘 덮기는 뭘 잘 덮어!"

자신이 질문을 던졌는데, 게오르크가 그걸 무색하게 만들어 버렸다는 듯이 그는 고래고래 소리를 질렀다. 그는 이불을 뒤로 힘껏 집어던지고는—이불은 한순간 획 날아가면서 쫙 펴졌다— 침대 위에 떡 버티고 섰다. 한 쪽 손만 천장에 살짝 짚은 채였다.

"넌 이불로 날 완전히 덮어 버릴 생각이었지. 나도 그건 안다. 하지만 이 아무짝에도 쓸데없는 놈아, 난 아직 이불이 완전히 푹 덮인 건 아니야. 이제 힘은 얼마 없지만 너 하나쯤 해치울 수는 있어. 아니, 너 같은 건 해치우고도 남지. 난 네 친구를 잘 안다. 내가 맘속으로 아끼는 아들은 그 애야. 그래서 네가 수년 동안 그 애를 줄곧 속인 거야. 안 그러면 왜 그랬겠니? 내가 그 애 때문에 안 울었을 것 같으냐? 그런 이유가 있으니까 네가 네 사무실에 처박혀 있는 거야. 아무도 방해를 하면 안 되는 거지. 사장님께서 업무로 바쁘시니까. 단지 네가 러시아로 사실과는 전혀 다른 깡똥한 편지를 쓰려고 말이야. 하지만 다행스럽게도 아무도 아버지들한테 자기 아들 속마음을 꿰뚫어보는 법을 가

192

르쳐 줄 필요는 없지. 넌 지금 그 애를 복종하게 만들어 버렸다
고 믿고 있겠지. 네 엉덩이로 그 애를 깔고 앉을 만큼 완전히
복종시킨 거지. 그러니 그 애가 옴짝달싹 못할 수 밖에. 그렇게
되자 우리 아드님은 결혼하시겠다고 결심을 하신 거지."

게오르크는 자기 아버지를 올려다보았다. 소름끼치는 모습
이었다. 뻬쩨르부르크에 있는 친구가, 아버지가 너무나도 잘
알고 있다는 그 친구의 존재가, 생전 처음 그에게 불현듯 충격
적으로 다가왔다. 머나먼 러시아에서 그 친구는 폭삭 망한 모
습으로 그를 바라보고 있었다. 약탈을 당해 텅 빈 가게 문가에
서 그가 게오르크를 바라보고 있었던 것이다. 가게에 있는 상
품 진열대는 모두 박살이 났고, 상품들은 갈기갈기 찢겨 산산
조각이 났으며, 가스등 몇 개가 막 무너져 내리고 있었는데, 그
한가운데에서 그가 가까스로 서 있었다. 그 친구는 왜 그렇게
도 먼 곳으로 가야 했단 말인가!

"날 좀 봐!"

아버지가 악을 썼다. 게오르크는 거의 넋이 나간 듯한 얼굴
로 침대로 후닥닥 뛰어갔다. 도대체 이 모든 게 어찌 된 영문인
지 알아내기 위해서였다. 하지만 그는 가다 말고 우뚝 멈추어
서고 말았다.

"그 여자가 치마를 올리니까,"

아버지가 입을 뗐다. 목소리가 들척지근하기 짝이 없었다.

"그 여자가 치마를 올리니까, 그 메스껍고 멍청한 여자가",

아버지는 치마를 올리는 모습을 묘사하기 위해서 입고 있던 내의를 높이 치켜 올렸다. 전쟁 중에 생긴 허벅지 흉터가 훤히 드러났다.

"그 여자가 치마를 이렇게, 이렇게, 이렇게 올리니까, 네가 그것한테 접근한 거야. 꿍꿍이수작이 있었던 거지. 그리고 또 넌 아무런 방해도 받지 않고 그것과 재미를 보려고, 어머니에 대한 추억을 욕보이고, 친구를 배신하고, 네 아버지를 침대에 처박은 거야. 옴짝달싹 못하게 말이야. 하지만 네 아비가 몸을 움직일 수 있겠냐, 없겠냐?"

그렇게 말한 뒤, 아버지는 아무것도 붙잡지 않고 두 다리로 떡 버티고 서서 다리를 하나씩 앞으로 휙휙 찼다. 모든 것을 꿰뚫어보고 있다는 생각에 아버지의 얼굴엔 희색이 넘쳐흘렀다.

게오르크는 방 한 구석에 섰다. 되도록이면 아버지에게서 멀찍이 떨어져 선 것이다. 아까 그는 하나에서 열까지 한 치의 빈틈도 없이 정확하게 관찰하기로 굳게 다짐을 했었다. 우회로 쪽이든, 아니면 뒤쪽이나 위에서든 불의의 습격 같은 건 받지 않기 위해서였다. 이제 그는 오래 전에 잊어버린 그 결심이 떠올랐다. 하지만 금방 또 까맣게 잊어버렸다. 짤막한 실을 바늘귀로 쏙 잡아 빼는 것같이.

"하지만 그 친구는 배신당하지 않았어!"

아버지는 소리 소리 질렀다. 그는 집게손가락을 흔들어 대면서 자신이 한 말에 힘을 싣고 있었다.

"난 그 애의 이 곳 현지 대리인이었다."

"코미디언이 따로 없군요!"

게오르크는 자신도 모르게 그만 고함을 지르고 말았다. 그는 자신이 실수했다는 것을 즉각 깨닫고 눈이 휘둥그레지면서 혀를 깨물었다. 하지만 너무 늦었다. 그는 너무 아파서 몸이 앞으로 푹 꺾이고 말았다.

"그래, 맞는 말이다. 당연히 난 코미디언 흉내를 냈다! 감쪽같이 속였다구! 말 한 번 잘했다! 늙은 홀아비인 이 아비한테 무슨 낙이 있겠니? 말해 봐. 나한테 대답하는 순간만이라도 정말 살아 있는 것 같은 진짜 내 아들이 좀 돼 봐라. 충직하지 못한 직원들에게 추격당하고 뼛속까지 늙어 버려 뒷방에 들어앉은 내게 또 무엇이 남아 있겠니? 그런데도 아들이란 녀석은 신이 나서 환호성을 지르며 전 세계를 누비고 다니고, 내가 준비해 둔 여러 가지 사업을 마무리 짓고, 기뻐서 발광을 하다가도 자기 아비 앞에서는 고결하고 정직한 신사같이 과묵한 얼굴을 한 채 도망을 쳤지! 내가 널 사랑하지 않은 줄 아니? 너를 낳은 이 아비가?"

'이제 아버지는 고꾸라질 거야.'

게오르크는 속으로 그런 생각이 들었다.

'침대에서 뚝 떨어져서 콱 박살이나 나라!'

그런 말이 그의 머릿속을 스쳤다. 아버지는 몸을 앞으로 굽혔다. 하지만 고꾸라지지는 않았다. 아버지는 게오르크가 다가올 것이라고 속으로 기대하다가 그가 오지 않자, 다시 몸을 폈다.

"거기 그냥 있어. 난 너 없어도 돼! 넌 이리 올 힘이 아직도 있다고 생각하면서도 오지 않고 가만있는 거지. 안 오고 싶은 거지 뭐. 제발 착각 좀 하지 마라! 아직도 내가 훨씬 더 강하니까. 나 혼자였다면 십중팔구 물러나야 했겠지. 하지만 어머니가 자기가 갖고 있던 힘을 내게 주고 갔고, 네 친구랑 난 환상적인 팀이 되었지. 네 고객 명단도 여기 이 주머니에 들어 있어!"

"내복에도 주머니가 있다니!"

게오르크가 중얼거렸다. 마지막 말 한 마디로 아버지는 자신을 이 세상에서 완전히 매장시킬 수 있을 것이란 생각이 머릿속을 스쳤다. 하지만 그런 생각이 든 건 아주 잠깐뿐이었다. 자꾸만 잊어버렸기 때문이다.

"네 약혼녀한테 찰싹 달라붙어 봐. 그리고 내 앞에 나타나기만 해 봐. 그 여자가 네 곁에 있지 못하게 확 잡아채 버릴 테니까. 두고 보면 알 거다."

그 말을 믿지 못하겠다는 듯이 게오르크는 얼굴을 찌푸렸다. 아버지는 자신이 한 말이 모두 사실이라고 단언이라도 하듯이 게오르크가 서 있는 방 한 쪽 구석을 바라보며 고개만 끄덕였다.

"네가 나한테 와서 친구한테 약혼했다는 이야기를 편지에
써야 하는 거냐고 물으니까, 정말 재미있더구나. 하지만 그 애
는 다 알고 있어. 이 멍청아, 그 애는 하나도 안 빼고 다 알고
있다고! 네가 깜빡 하고 나한테서 필기도구를 안 빼앗아갔기
때문에, 내가 그 애한테 편지를 썼다. 그래서 그 애가 이미 몇
년째 오지 않는 거야. 그 애는 너보다 모든 걸 더 잘 알고 있어.
백배는 더 잘 알지. 그 애는 왼손으로는 네가 보낸 편지를 한
줄도 읽지 않고 그냥 구겨 버리고, 오른손으로는 내가 보낸 편
지를 읽으려고 들고 있지!"

아버지는 감격한 나머지 한 팔을 머리 위로 흔들어 댔다.

"그 애는 너보다 모든 걸 천 배는 더 잘 알고 있어!"

그가 소리 질렀다.

"만 배는 아니고요!"

게오르크는 아버지를 비웃고 싶었다. 하지만 그의 입 안에서
는 아직도 그 말이 끔찍할 만큼 진지한 여운을 남기고 있었다.

"몇 년 전부터 난 계속 주시했다. 네가 이런 질문을 언제 하
나, 하고 말이야! 넌 내가 다른 일로 걱정하는 줄 아니? 내가 신
문을 읽는 줄 아니? 옜다!"

어떻게 해서 신문이 침대에 묻어 들어갔는지는 모르겠으나,
아버지는 침대에 있던 신문을 게오르크에게 냅다 집어던졌다.

게오르크는 이름도 모르는 오래된 신문이었다.

"도대체 얼마나 더 있어야 철이 드는 거니! 어머니는 이 세상을 떠날 수밖에 없었다. 어머니는 이렇게 기쁜 날을 맞이해 보지도 못한 거야. 그 친구는 러시아에서 망해가고 있다. 이미 3년 전에 그 애는 얼굴이 누렇게 뜬 게 곧 쓰러질 것 같았어. 내가 지금 어떤 상황인지 너도 눈이 있으면 알 거다!"

"그러니까 아버지가 저를 계속 염탐하신 거네요!"

게오르크가 악을 썼다.

아버지는 게오르크가 딱하다는 듯이 지나가는 말로 이렇게 말했다.

"아마 넌 진작부터 그런 말을 하고 싶었을 게다. 이제 와서 새삼스럽게 그런 말을 해 봤자 하나마나야."

아버지는 한층 언성을 높였다.

"이젠 알 거다. 너 말고도 또 무엇이 있는지. 지금까지 넌 너밖에 몰랐어! 넌 원래 순진무구한 아이였지. 하지만 그 이전에 넌 악마 같은 인간이었던 거야! 그러니까 잘 알아 두거라. 이제 난 네게 물에 빠져 죽을 것을 선고한다!"

게오르크는 마치 그 방에서 밖으로 내쫓기는 듯한 느낌이 들었다. 뒤쪽에서 아버지가 침대 위로 쿵 하고 쓰러지는 소리가 계속 귓가에서 맴돌고 있었다. 그는 경사진 평지를 가듯 황급히 계단을 내려갔다. 아침 청소를 해 주려고 계단을 막 올라가려던

참이었던 그 집 가정부는 화들짝 놀랐다.

"어머나!"

그녀는 비명을 지르며 앞치마로 얼굴을 휙 가렸다. 하지만 그는 이미 사라지고 없었다. 그는 건물 현관문을 박차고 후닥 닥 뛰어나간 뒤, 차도를 건너 강 쪽으로 달려갔다. 안 그러고선 배길 수가 없었던 것이다.

벌써 그는 난간을 꽉 움켜잡고 있었다. 굶주린 자가 먹을 것을 꽉 움켜쥐듯이. 그는 뛰어난 체조 선수처럼 난간 위쪽으로 몸을 휙 올려 보려고 했다. 몸이 휘청 흔들렸다. 그는 소년 시절에 뛰어난 체조 선수였다. 그의 부모는 아들이 무척이나 자랑스러웠다. 여전히 그는 두 손으로 난간을 꽉 잡고 있었지만, 손에서는 점점 힘이 빠져나가고 있었다. 그는 난간 기둥 사이로 버스 한 대가 지나가는 것을 염탐하는 듯한 눈초리로 바라보았다. 자신이 강에 떨어진다 해도 첨벙 하는 물소리는 버스의 소음에 완전히 묻혀 버릴 것 같았다. 그는 나지막하게 외쳤다.

"사랑하는 부모님, 언제나 두 분을 사랑했어요."

그는 아래로 몸을 날렸다.

그 순간, 다리 위에는 차들이 끊임없이 달리고 있었다.

우리 안에 있는 꽁꽁 얼어 버린 바다를 깨뜨리는 도끼

독일의 그림 형제가 쓴 동화를 읽다 보면 가끔 사람이나 동물의 모습이 바뀌는 것을 알 수 있다. 하지만 주인공은 결국 위험에서 벗어나 행복한 결말을 맞는다.

고전으로 알려진 세계 문학 작품에서도 변신을 다룬 작가가 있다. 바로 프란츠 카프카이다. 하지만 그의 중편소설인 「변신」에서는 메르헨(독일어로 동화 또는 옛날이야기를 뜻함.)과는 전혀 다른 이야기가 전개된다. 독일의 저명한 독문학자들도 이해하지 못하겠다고 하는 카프카, 그는 어떤 작가일까?

카프카는 보헤미아 왕국(체코)의 수도 프라하에서 1883년 7월 3일에 태어났다. 아버지 헤어만 카프카(1852-1931)는 체코계 유대인으로 가난한 백정의 아들이었다. 다섯 형제자매와 함께 어렸을 때부터 아침 일찍 손수레에 고기를 싣고 맨발로 인근 마을에 배달을 나갔던 헤어만 카프카는 열네 살에 고향을 떠나 행상을 했다. 군복무를 마친 그는 360년간 오스트리아의 합스부르크 왕조가 지배하고 있던 프라하로 왔다. 헤어만 카프카는 결혼한 뒤 프라하에서 소매상점을 내고 얼마 되지 않아 도매상점을 냈다. 그리고 카프카가 스물아홉 살이 되었을 때는 프라하에서 가장 풍경이 좋고 아름다운 킨스키궁 1층에서 대형 장신구 가게를 운영했다.

카프카의 어머니 율리 뢰비(1856-1934)는 독일계 유대인으로 집안도 부유하고 학식도 갖춘 중산층 출신이었다. 그녀의 아버지는 나사 공장과 맥주 양조장을 소유하고 있었다. 어머니 가계에는 세상을 등지고 사는 경건한 학자, 저명한 랍비, 의사, 부유한 상인, 세상 사람들 눈에 별나게 보이는 마음 약한 노총각과 괴짜가 여럿 있었다. 카프카의 어머니는 남편보다 유식하고 교양도 풍부했다.

생활력이 강하고 사업 욕심도 많은 카프카의 아버지는 장남인 카프카를 독일어를 사용하는 소수의 상류층으로 만들기 위해 집에서도 체코어 대신 독일어를 사용했다. 당시 오스트리아-헝가리 왕국의 공용어였던 독일어는 행정, 교육, 상업, 예술의 언어였다. 카프카는 아버지의 뜻에 따라 독일어로 수업하는 '독일소년학교'와 '황실 및 왕실 부설 중등학교'를 거쳐 역시 독일어를 사용하는 국립 프라하대학에서 법학을 전공했다.

1906년 법학 박사 학위를 받은 카프카는 법관이나 변호사가 되는 것을 포기하고 일반 보험 회사에 입사했다. 어렸을 때부터 작가가 되는 꿈을 꾸며 소설을 썼고 김나지움을 다니면서도 글을 많이 썼던 그는 부모로부터 경제적으로 독립도 하고 글을 쓸 수 있는 시간도 되도록 많이 갖고 싶어했다. 그는 보험 회사에서 나와 1908년 보헤미아 왕국 노동자 재해보험국에 입사해 폐결핵으로 조기 퇴직을 할 때까지 14년 동안 그곳에서 일했다.

공무원인 그는 오후 2시까지 근무하고 집에 돌아와 낮잠을 잔 뒤 밤이 되면 글을 썼다. 1908년에는 단편소설 8편이 〈휘페리온〉이라고 하는 잡지에 실렸다. 그는 여러 잡지에 원고를 보냈고, 1909년에는 일기를 쓰기 시작했다. 그는 틈틈이 아버지 사업을 도와야 했고, 매부가 경영하는 석면공장에서 감독일도 맡아서 해야 했다. 그는 그 일을 끔찍이 싫어했고, 두통과 불면증으로 괴로워했다. 더 이상 글을 쓸 수 없을 정도로 절망한 나머지, 그는 자살을 생각하기도 했다.

1912년에는 단편소설 18편이 실린 첫 작품집 『관찰』이 출간되었다. 카프카에게 문학은 그 무엇보다도 소중한 것이었다. 할 수 있고 하고 싶은 것, 기쁨을 주는 것은 그에게 오로지 문학밖에 없었다. 하지만 글을 쓰는 것이 그에게 기쁨만을 준 것은 아니었다. 그는 자신이 글쓰기 작업에 열중하면, 가족을 비롯한 가까운 사람들을 불

>>>

행하게 만들고 그들에게 실망만 안겨 줄 것이라고 생각했다. 그리고 그들이 자신을 배은망덕하고, 어리석고, 못돼 먹은 사람이라고 여길 것이라 믿었다.

문학에 대해 크나큰 열정을 갖고 있는 카프카와는 달리, 그의 아버지는 문학을 이해하지 못했다. 가난한 가정에서 태어나 자수성가해 프라하 상류층이 된 그의 아버지는 무지막지하고, 고집이 세고, 식구들을 내리누르고 억압하는 사람이었다. 그는 외아들인 카프카가 관료가 되어 상류층에 속하기를 바랐다. 그는 아들의 감수성과 예민함, 소심한 성격을 조금도 이해하지 못하고, 아들이 소설을 쓴다는 것도 이해하지 못했다.

카프카는 아버지가 자신에게 기대하는 바를 이루어 내지 못할까 봐 두려웠고, 경제적으로 완전히 독립하지 못한 점에 대해서 수치심을 느꼈다. 그의 작품에서는 아버지가 종종 포악한 가장으로 묘사된다. 「선고」에 등장하는 게오르크의 아버지와 「변신」에 나오는 그레고르의 아버지가 그 좋은 예이다. 카프카는 아버지가 자신을 이해해 주지 않고 무시하는 태도에 크나큰 분노를 느끼고 그러한 사실을 작품을 통해 온 천하에 고발했다.

카프카는 약혼을 하고 나서 한 달 뒤에 폐결핵에 걸려 각혈을 하

기 시작했다. 1차 세계대전 중에 미합중국 병사들과 함께 유럽에 상
륙한 유행성 감기가 1917년 가을, 프라하에 들이닥친 것이다. 세 사
람 중 한 사람은 감염되고 결핵 환자는 증가했다. 스페인 독감으로
알려진 이 유행성 감기는 1918년, 불과 몇 달 사이에 전쟁으로 희생
된 사람 수보다 훨씬 더 많은 사람들의 목숨을 앗아 갔다.

카프카는 완쾌되기를 바라지 않았다. 심각한 병에 걸렸으니 홀
로 있을 수 있고, 그러면 몇 가지 책임감에서 벗어날 수 있다고 생
각했다. 직장 생활, 결혼 생활, 부모, 이 모든 것들에 대한 책임에서
영원히 자유로워질 수 있다고 말이다. 그는 끝내 질병을 이기지 못
하고 친구 막스 브로트에게 아직 출판되지 않은 원고를 모두 불태
워 버리라고 유언을 남긴 채 1924년 마흔한 번째 생일을 한 달 앞두
고 빈 근교에 있는 한 결핵 요양소에서 사망했다.

브로트는 친구의 뜻을 어기고 출판사를 물색해 친구의 작품이
세상의 빛을 보게 도왔다. 세 편의 장편소설이 먼저 출판되고 약 20
년 후에 일기, 편지 등을 포함하는 전집이 출판되었다.

카프카의 작품은 그가 살았을 당시에는 소수에게만 알려져 있었
다. 그 까닭은 우선 그의 작품이 인정받지 못했기 때문이고, 둘째
그에게는 문학적 야망이 없었기 때문이다. 그는 많은 양의 원고를

손수 없애 버렸고, 그 나머지 작품들도 절대로 선선히 건네주지 않았다. 그는 완성된 원고보다 글을 쓰는 매 순간을 중시했다. 그가 세상의 주목을 늦게 받은 또 하나의 이유는 나치의 비밀국가경찰이 그가 살던 집에서 원고를 모두 압수했기 때문이다. 2차 세계대전이 끝난 뒤에야 비로소 그의 이름은 전 세계적으로 알려졌다.

문학 작품은 일단 재미가 있어야 하고 덤으로 유익한 것도 얻을 수 있으면 더욱 좋다고 믿는 독자, 책을 통해 아픈 마음을 달래고 자신이 바라는 바를 얻고자 하는 독자는 그의 작품을 읽으면 당황하게 된다. 그의 작품은 재미있지도 않고, 분위기는 무겁고 음침하며, 쉽게 이해되지 않는 부분이 많기 때문이다.

카프카는 글을 쓸 때 아름답게 꾸며 쓰지 않고, 과장하지 않으며, 정확하고 분명하고, 그러면서도 깊이가 있는 표현법을 좋아했다. 그는 좀처럼 이해되지 않고 믿기지도 않는 어떤 사건을 아주 명료하게, 그리고 극도로 객관적으로 묘사한다. 카프카는 왜 이렇게 글을 썼던 것일까? 그는 "우리를 몹시 고통스럽게 하는 불행 같"은 책, "우리 자신보다도 더 끔찍이 사랑했던 그 어떤 사람의 죽음 같"은 책이 좋은 책이라고 생각했다. 또한 "책이란 무릇 '우리 안에 있는 꽁꽁 얼어 버린 바다를 깨뜨려 버'리는 '도끼'가 아니면 안 되는" 것이라고 했다.

카프카는 달콤한 초콜릿이나 생크림 같은 책은 우리에게 유익한 책이 아니라고 생각했다. 고통스러워서 피하고 싶지만, 그것을 마주 볼 경우 우리는 지금까지 미처 보지 못했던 진실을 접할 수 있다. 실제로 그의 작품에는 고통스러워하는 등장인물들이 종종 등장한다. 보기 흉한 해충으로 변한 그레고르 역시 더는 일을 하지 못해 생계를 책임질 수 없게 되자, 그동안 신뢰하고 사랑하던 가족의 무관심과 냉대를 느끼고는 고통스러워한다. 그를 단순히 가장의 역할을 하는 존재로 여겨 왔던 만큼 그레고르 자신이나 그의 가족에게 그레고르의 변신은 충격적인 사건이다. 카프카는 「변신」을 통해 자신의 자아를 찾으려는 노력 없이 각자 주어진 일을 하고, 그런 역할을 해내는 것이 마치 자신인 양 여기며 사는 현대인들 안에 있는 꽁꽁 얼어 버린 바다를 깨뜨리려고 했던 것이 아닐까?

－이옥용(옮긴이)

네버엔딩스토리 7

변신 카프카 대표 작품선

펴낸날 초판 1쇄 2010년 2월 25일
지은이 프란츠 카프카 | **옮긴이** 이옥용
펴낸이 신형건 | **펴낸곳** (주)푸른책들 | **등록** 제321-2008-00155호
주소 서울 서초구 양재동 115-6 푸르니빌딩 (우)137-891
전화 02-581-0334~5 | **팩스** 02-582-0648
이메일 prooni@prooni.com | **홈페이지** www.prooni.com

ⓒ (주)푸른책들, 2010

ISBN 978-89-5798-208-2 44850
ISBN 978-89-5798-194-8 74800(세트)

이 도서의 국립중앙도서관 출판시도서목록(CIP)은 e-CIP 홈페이지
(http://www.nl.go.kr/cip.php)에서 이용하실 수 있습니다.
(CIP제어번호 : CIP2009004181)

네버엔딩스토리는 (주)푸른책들의 문고본 전문 임프린트입니다.